U0127828

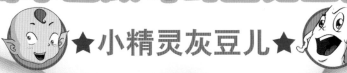

葛冰幽默奇幻童话星系

★小精灵灰豆儿★

接力出版社
Publishing House

图书在版编目（CIP）数据

小精灵灰豆儿/葛冰著. —南宁：接力出版社，2007.2
（葛冰幽默奇幻童话星系）
ISBN 978-7-80732-687-8

Ⅰ. 小… Ⅱ. 葛… Ⅲ. 童话－中国－当代 Ⅳ. I287.7

中国版本图书馆 CIP 数据核字（2007）第 011379 号

责任编辑：周 锦
美术编辑：卢 强 责任校对：蒋强富
责任监印：梁任岭 媒介主理：代 萍

出版人：黄 俭
出版发行：接力出版社
社址：广西南宁市园湖南路 9 号 邮编：530022
电话：0771－5863339（发行部） 5866644（总编室）
传真：0771－5863291（发行部） 5850435（办公室）
网址：http://www.jielibeijing.com http://www.jielibook.com
E-mail：jielipub@public.nn.gx.cn

经销：新华书店

印制：三河市汇鑫印务有限公司
开本：710 毫米×1000 毫米 1/16
印张：12.75 字数：190 千字
版次：2007 年 4 月第 1 版 印次：2007 年 4 月第 1 次印刷
印数：00 001—10 000 册
定价：18.80 元

水已经开了，可怎么还没来海鲜呢？难道海鲜不是来自鼎中？

要不，再加些柴吧！

啊？海鲜？！

二位大仙！二位大仙！千万别再烧这个铜鼎了！

啊！

咔嚓——

他，他是假的，是坏蛋，不要上当。

有了相机照出的玩偶，你们就逃不出我的掌心了。

已经晚了哈哈哈！

哈哈哈哈！！

大嘴怪！！

原来是他！！

真该死，让他给跑了。

不好意思，你们坐到我的龟壳了。

原来是那个真的龟丞相。

嘻嘻！他们的照片洗出来了。

煮啊，煮啊，把这两个玩偶放进去煮，就如同煮他们俩本人一样，哈哈！

进去吧！

啪!!

哎呀！烫死了！

钉耙借我一用，我去了！

是这边。

得用个好办法。

现在他们一定被煮得动不了了吧！哈哈哈……

哦！我动不了啦。

哈哈哈哈……

得来全不费工夫！来登门送死。哈哈哈！

干脆直接把这小妖精扔进鼎里煮化了。

我……我的腿不见了。

我的手和胳膊也被煮化了。

哈哈！

咦？怎么没声音了，该不会完全煮化了吧？

添柴，添……柴……

目录

小精灵灰豆儿

小精灵灰豆儿

丁点儿·小妖

黑黢黢的、像深井一样的石洞。洞口上刻着几个字：陷空山无底洞。洞内曲曲折折，洞穴连着洞穴，窟窿眼儿连着窟窿眼儿，不知有多少犄角旮旯。在洞底的一个角落，锈迹斑斑的破香炉脚突然轻轻晃动了几下，有一个肉头肉脑的小东西从底下挤挤蹭蹭、慢慢吞吞地钻了出来。

他浑身沾满香灰，眼睛有点儿斜，身体只有一寸宽、三寸长，虽然丑，却丑得好玩，这是个不折不扣的小妖精。想当年，孙悟空带天兵天将抄妖精的窝时，将大大小小的妖精来个全锅端。唯有这小妖精灰豆儿，躲在香炉角里，成了漏网之鱼。那时，他才0.000005岁，奶牙还没长出半颗，身上的妖气才一丁点儿，所以孙悟空虽然有火眼金睛，又用放大镜将无底洞上上下下照了个够，竟然没有发现他。

小灰豆儿总算从香炉下爬出来，他呻吟一声说："长年累月憋在这香炉角的缝儿里，挤歪了我的嘴儿，挤歪了我的眼儿。饿得我只剩两张皮、三根骨头挑着一个头。都怪我那不争气的祖祖祖祖奶奶嘴馋，想吃唐僧肉，干了坏事，闹了个家破人亡，只剩下我一个。如今我可得改弦易辙，脱胎换骨，做一个好孩子了。"

灰豆儿说着晃晃悠悠扭动身体腾起云来想往上走。他腾云的技术实在欠佳，升三尺，降二尺，一路上跌跌撞撞，出了这个洞眼儿，又钻那个洞眼儿，撞得他昏昏沉沉，眼冒金星儿。

灰豆儿仰起脸来，总算看见洞顶三百米处有一线光明。

"且慢。"灰豆儿忙踩住脚下的云自言自语道，"我听人家说，在暗处待得太久，猛受阳光刺激，会瞎了眼睛。我这两只眼睛可都是7.80的，务必要小心保护才是。"

灰豆儿紧闭双眼，再用两手死死捂住，才不慌不忙纵身向上。

灰豆儿升出洞口，睁开眼睛，他惊喜地叫："啊，好蓝的天，好秀气的山水。只是这好端端的天怎么有点儿歪？这树怎么有点儿斜？"

其实不是山歪，是他的脖歪，脖歪就带得眼歪，所以看得山、水、树木也都是歪歪的。

不过，这小妖精灰豆儿确实是聪明过人，他皱着眉头想了一会儿，恍然大悟地说："我明白了，不是天歪地斜，是我的眼睛斜。"

灰豆儿摇头晃脑地自言自语："我要是歪着脑袋看，歪上加歪，否定之否定，不就正过来了吗？"你看，他还懂得点儿物理学上的相对论。

灰豆儿使劲歪着脑袋看，他喜滋滋地叫："果然是很正的青山绿水。"

灰豆儿离开了洞口，在草地上蹦蹦跳跳地往前走。他望着两边树上的野桃子、野杏自言自语地说："几千年没吃东西了，我好饿。"他从树上摘了个大桃子，刚要咬一口，突然停住，皱着眉头说，"且慢，我听人说，长时间不吃东西，开始吃时，必须要先喝稀的才行。否则胃会受不了的。我得遵医嘱才行。"说着，他恋恋不舍地丢掉桃子。他看见桃树下的绿草中有一点红红的东西，以为那是草莓，便跑过去捡。

走到跟前，他才发现，那是滴在绿叶上的一滴血。草丛里躺着一只受伤的小白猴。小白猴很小，浑身的毛雪白雪白的，头上却淌着血。原来这只小白猴到高高的杏树上去摘野杏，不料树枝断了，它被摔下来，晕倒在地上。

"啊，这小白猴受伤了。"灰豆儿吃惊地叫，忙把小白猴抱起来，他用树叶擦净小白猴头上的血说，"你不要害怕，我送你去找妈妈。"

灰豆儿抱着昏迷不醒的小白猴，在树林里飞快地跑。跑了一会儿，他听见前面有猴鸣的声音，他高兴地说："这回好了。"

前面的树丛中有一片山石，山石间有一条小瀑布。一大群猴子正在山石、瀑布、树丛中快活地戏耍。

这地方有个名字，叫"二号花果山"，不仅是因为瀑布后面也有个小一点儿的山洞，而且这儿的猴王本事也比孙悟空差得太多。因为它腮帮子上有一撮毛，所以它就叫"一撮毛猴王"。

灰豆儿从树丛后面走出来，举着小白猴，刚要说话。一只猴子看见了他，立刻大叫："妖精！"

另一只白猴也惊呼："我的孩子在他手里！"

这时，嗖的一声，一个影子飞过来，灰豆儿脑袋挨了一拳，疼得他眼冒金星，还没明白是怎么回事，怀里的小白猴已被抢走了。原来是一撮毛猴王把小白猴夺走的。

一撮毛猴王立在一块山石上，指着灰豆儿叫："大胆妖精，为什么伤小白猴？"

大群猴子从四面八方指着灰豆儿唧唧地叫着："妖精，妖精，妖精。"

灰豆儿慌忙说："我不是妖精。"

一撮毛猴王眼瞪得溜圆，闪着亮亮的黄光，说："我看你是从无底洞出来的。"

它这么一说，灰豆儿更慌了，因为他确实是从无底洞里出来的。他又不会撒谎，他哼哼唧唧道："我，我，是那儿出来的。可，可我……"

一撮毛猴王眼珠又瞪大了一圈："你是不是妖精？"

灰豆儿又不愿说谎话，他哼唧着："我，我，我是好，好妖精。"

"哇！真的是妖精。"一撮毛猴王上上下下打量着灰豆儿。

说实在的，一撮毛猴王也从没见过妖精。它也不知道妖精是什么模样。它只听它爷爷的爷爷说过，无底洞是个妖精洞。它祖先孙悟空保唐僧取经，捉七十二洞妖精，是何等威风、何等光荣。而到了它这一代，却连根妖精毛也没见过。一撮毛猴王一想起就不免有些泄气。现在有个现成的妖精送上门来，看样子又是个胆小面善的妖精。这可是它露脸的好机会。

好个一撮毛猴王，露脸心切，不等灰豆儿再说话，就大声喝道："大胆妖精，我看你尖嘴猴腮，不对，应该是尖嘴兔腮，肯定不是好东西。吃我老孙八百代子孙一棒。"

灰豆儿见势不妙，还没等它拿出棒子，转身就跑。

一撮毛猴王也没拿棒，却拿出了两个桃子，而且是扁桃。它大喝一声："看桃！"将两个扁桃抛向空中，两个扁桃立刻向灰豆儿飞来。

灰豆儿看着，不由得奇怪："它怎么请我吃桃？看来它心肠还不算坏。"这么想着，两个扁桃已飞到了眼前。扁桃绿中带红，还透着一股清香。

灰豆儿吸溜着鼻子，正想伸手去接，两个扁桃突然变成扁片，一左一右，像火烧夹肉一样，把灰豆儿夹在了中间，向猴王飞去。

一撮毛猴王大笑道："哈哈！这小妖精上了我'飞去来桃'的当了。"原来它去非洲原始森林留过学，把那儿的"飞去来器"学来，又做了改装。

灰豆儿被桃夹着，落到了一撮毛猴王面前。

群猴一见，都大声喝彩。

一撮毛猴王更加得意，这回真的拿出棒子来了。这棒子叫做"不如意金箍棒"，歪歪扭扭、疙疙瘩瘩，又短又粗，怎么看怎么丑。

一撮毛猴王将棒子抛到空中，这短粗棒竟一化作二，二化作四，四化作八……眨眼间变成几十根，齐向灰豆儿打来。

灰豆儿转身想跑，可是被棒子包围。"乒乒乓乓……"棒子没头没脑地打在他的头上、肩上、背上、屁股上、腿上……疼得灰豆儿龇牙咧嘴地叫："我不是坏妖精，我是好人。"

灰豆儿被打得遍体鳞伤，几乎要晕了过去。幸好，那受伤的小白猴醒来，在它妈妈怀里叫："是这个小妖救了我。"

一撮毛猴王这才明白是打错了。但它是猴王，不好意思认错，于是胡乱说了一句："小妖精虽救了人，但他那么丑，也一定是坏东西。撤！"说着，呼啸一声，带着大群的猴子跑得无影无踪。

灰豆儿从昏迷中醒来，浑身疼痛不止。他望着自己的影子伤心地说："我是够丑的，要是变得好看点儿，也许它们就不会把我当妖精了。我最好变化一下。"可要变化，得会念咒语。灰豆儿虽也是个小妖精，却半点儿咒语都不会。他只好胡乱念。

灰豆儿抖擞精神，翻着小跟头念："阿弥陀佛，变！"

这是佛家的语言，他是妖精，念起来自然不灵，所以跟头白翻了。他还是原汁原味的小妖精模样。

灰豆儿连连摇头："不行不行，我再换个咒语试试。"

他挤眉弄眼，使劲翻着跟头念道："善哉，善哉！变！"这回念的是道家的语言。

但他不是老道，所以这个跟头也白翻了。他还是他，一点儿没变。

这小妖精真有一股韧劲，他百折不挠，拼命翻着跟头，念道："真主保佑，上帝保佑，我佛如来保佑，观音菩萨保佑……变！"他使尽浑身解数，几乎把古今中外的神全请来了。他翻跟头翻得眼睛直冒金星，头都变大了。

小妖精灰豆儿站立不稳，晕晕乎乎地说："天啊，怎么没过节日，就放起烟火来了。"

说来也真怪，烟火好像真的来了。他头顶上天空突然发亮，只见一片金光闪闪烁烁自天边而来，越来越近，金光之中，只见一个白晃晃的、弯弯曲曲的软棍向他落来。

这金箍棒怎么有点软？

可灰豆儿顾不得多想了，逃命要紧。他想一个筋斗重新折进无底洞。

哐啷啷！那东西带着一团白光已落在灰豆儿头上，砸得他灵魂出壳，大叫一声，晕了过去。

一阵小风将灰豆儿吹醒，他摸摸自己的脑袋，还在，只是脑门上鼓起了个大包儿；看看自己的身体，居然大了许多，旁边还有一小段弯弯曲曲的东西，是一条小尾巴。

莫非从天上落下来的是这个东西？灰豆儿想起那又软又白的棍子，原来不是金箍棒，是这玩意儿。

灰豆儿来劲儿了："闹了半天，砸我脑袋的是你呀！"他摸着头上的包儿，恨恨地踩了那小尾巴几脚。光踩还觉得不过瘾，他又俯下身拾起来，准备用牙把它咬成两段。刚放到嘴边，他发现是条小肉尾巴。

"哈！我已经几千年没吃东西了，这东西一定很香。"

灰豆儿把小尾巴放到嘴里唧唧地嚼了起来，觉得味道还挺香。

吃着，吃着，他觉得有点儿不对劲儿，这尾巴挺面熟，好像在哪儿见过。

猛然，灰豆儿明白过来了，他吃的是自己的尾巴。他大叫一声，急忙摸屁股后面。

他的尾巴还在屁股上，可怎么变粗了呢？

灰豆儿揪住自己的尾巴尖，折过来看，那尾巴光溜溜的，又软又白，上面的肉还挺肥，他断定不是自己的，是别人给接上去的。

灰豆儿急忙看自己原来的尾巴。

糟了，只剩下半截尾骨和一小段嚼不动的筋了。你想想，耗子尾巴上本来就没有多少油水，再加上灰豆儿刚才已饥肠辘辘，他吃得极仔细，连骨缝里的肉渣儿都嗑得干干净净，他尾巴的命运能不惨吗？

"天哪！我的尾巴，甭管多少总是我身上的肉啊！"灰豆儿眼泪哗哗，哭得十分伤心。

"你还哭？我都觉得冤呢！"突然他耳边响起一个愤愤不平的声音。

灰豆儿急忙扭头四下看。

"看什么？我就在你眼前呢！"连接在灰豆儿屁股后边的白肉尾巴竖了起来。

啊！是这条古怪的尾巴在说话。灰豆儿有点儿吃惊。

"你听着！"白肉尾巴竖立着对灰豆儿说，"落在你身上我还后悔呢。看你后半部还不错，我才落了下来，谁想到你前半截儿是那么歪嘴斜眼的丑样。"

"不喜欢，你别来呀！你可以走哇！"灰豆儿愤愤地嚷。

"走？我可不像你那么不讲道德，我是嫁鸡随鸡，嫁狗随狗，何况你自己原来的尾巴也没了，我只好将就着待在这儿了。"

灰豆儿想了想问："你是从哪儿来的？"

尾巴问："你问这个干吗?"

灰豆儿理直气壮："当然要问,我是清白人家,要门当户对才对。"

"说出我的来历,会吓你一大跳。"白肉尾巴在他身后骄傲地晃动了一下。

白肉尾巴没有吹牛,它确实经历不凡,大有来头,不过,得多费几句口舌,从头细细说起。

当年猪八戒同孙悟空保唐僧取经,就是带着这条尾巴去的。只不过尾巴一直藏在他衣服里,不像嘴脸那样出头露面,故一直不为人所知。但取经路上的千难万苦,尾巴可一点儿没少受,有时受的罪比别的部位还要多些。因为那些妖精捉住猪八戒时,总喜欢揪住尾巴捆绑,有两位还想用他的尾巴当下酒菜。所以取经成功,八戒的尾巴也算劳苦功高。

可是猪八戒被如来佛封为净坛使者后,却不想要他的尾巴了。

这也难怪八戒,因为净坛使者非同小可,是有地位有身份的尊神,天下所有庙宇的香火和供品都要先由他来品尝,他带条尾巴出出进进,像话吗?

猪八戒考虑再三,终于下定决心。他揪下一根鬃毛,在上面使了个法力,顿时,鬃毛变成一把飞刀,白光一闪,他的尾巴就和屁股分了家,打着旋儿,咻咻地飞了出去。

不过很快这尾巴又像非洲的"飞去来器"一样,咻咻地飞了回来,端端正正地接在了原来的尾巴根上。

八戒看了惊异地笑道:"哟!又回来了。别人说的'故土难离'真是一点儿也不假,它还挺眷恋我的。"

"呸!"尾巴呸了一声,"你这忘恩负义的家伙,当初我一直跟着你同甘共苦,现在你发达了,就想把我甩了,门儿都没有。"

八戒不好意思地搔着头皮:"不是我忘恩负义,我现在不比从前,已是仙界官面上的人了,出席各种宴会总少不了,我不能带条尾巴呀!这样吧,念你跟我一场,我送你几件东西。一是这九齿钉耙,我已成正果,用不着再用它去斩妖除怪;二是这三十六变。"说着,猪八戒念了个口诀,将法宝送至尾巴尖中。

"太少！太少！"尾巴仍钉在八戒屁股上嚷。

猪八戒犹豫再三，终于咬了咬牙，狠狠心说："也罢。豁出去了，我把我这最得意的法宝送给你吧！"

尾巴忙问："什么法宝？"

八戒心疼地说："就是我那副天下无与伦比的好肠胃。"说完，一股内力源源不断地涌入尾巴尖，尾巴顿时有一种饥饿感。尾巴还来不及答话，就在八戒法力的作用下，随着一团金光，翻着一连串的筋斗云，最后昏头昏脑地砸在灰豆儿身上，总算有了去处。

灰豆儿听了尾巴这一番话，吓得目瞪口呆，想："这回可撞上了冤家对头。先前我祖祖祖祖奶奶被孙悟空、猪八戒捉了去，如今猪八戒的尾巴又接到我屁股上。这事可真够巧的！不过，我也用不着害怕。一来，我不像我那祖祖祖祖奶奶那么坏，我只想改邪归正，做个自由自在的小妖；二来，八戒的尾巴是长在我屁股后面，想必是应该归我领导。"

这么想着，灰豆儿振奋起了精神。他使出一股劲，想让自己的尾巴竖起来。尾巴真竖起来了。

行！灰豆儿的指挥还灵，他挺高兴。

突然，那尾巴抡圆了，像真正的鞭子一样甩出个圈，然后啪的一下抽在灰豆儿的屁股上。

"妈呀！"疼得灰豆儿龇牙咧嘴，他可没指挥尾巴这么干。灰豆儿哭丧着脸叫："哎哟，你怎么乱抽呀？"

尾巴尖连连晃动，抱歉地说："真对不起，刚才我好像闻见一点儿妖气。"

灰豆儿慌忙说："多半你得了感冒，鼻子有点儿失灵了。"他想了想，又不放心地回头问，"对妖精，你除了抽，不会再使别的办法了吧？"

"还会绑！"尾巴说着，突然变得长长的，一下子把灰豆儿四马攒蹄地捆得结结实实。

"还会勒！"尾巴说着，不停地往紧收缩。勒得灰豆儿几乎喘不过气来，赶快大叫："快松开，快松开，我知道了。"

　　尾巴终于松开了，在灰豆儿屁股上迎着风摇了两摇，得意地说："对付妖精，我的办法多着呢。你放心吧，有我保护，哪个妖精也不敢欺侮你。"

　　灰豆儿心虚地想："它一点儿不知道，我就是个小妖精呢。"

　　"快走！快走！"尾巴在后面轻轻地敲着灰豆儿屁股，"我已经饿得受不了啦，刚才你那截小尾巴一点儿也不解饿。"

　　灰豆儿心里想，闹了半天，是它叫我吃自己尾巴的。他大声对尾巴说："就走！就走！我知道你把猪八戒的好肠胃带到我这儿来了。"

　　灰豆儿真的感到肚子极饿，他四腿一蹬，在半空中划开了云彩……

小精灵灰豆儿

八戒大剩

灰豆儿在半空中慢吞吞地划着云，划着划着，突然停了下来。

尾巴问："怎么不走了？"

灰豆儿说："我想起了一件事。你既然跟定了我，应该有个名字才是。这尾巴二字有点儿难听。"

尾巴问："可什么名字好听呢？"

灰豆儿说："让我好好想想。"他皱着眉头，在原地转了三个圈，高兴地说，"我想出来了，你可以叫'八戒大剩'。"

尾巴说："八戒大圣？连猪八戒带孙悟空都包括了？这名字好倒是好，只是牛皮是不是吹得太大了点儿。我虽不是个谦虚的人，可别人问起我来，怎么解释呢？"

灰豆儿笑嘻嘻地说："这好说。你起这个名字是很有根据的。'八戒大剩'是'剩下'的'剩'，你本来就是猪八戒剩下的那一部分，所以叫八戒大剩，合情合理。别人要是叫你八戒大圣，那是他们的误会，咱们可以将错就错。"尾巴听了眉开眼笑："好，以后我就叫八戒大剩，八戒大圣。快走，咱们快快赶路。"

小精灵灰豆儿
天喷星的靶子

不知过了多久，灰豆儿有些累了，抬起头来仰望，只见蓝蓝的天上，一轮圆圆的月亮，正洒下金黄的光。他忍不住说："好美呀。"

正说着，突然一阵冷风袭来，灰豆儿不由得哆嗦了一下，他听八戒大剩在他屁股上叫："小心，妖怪。"

灰豆儿急忙睁大眼睛四下乱看，只见下面树林中，一团黑雾涌起，一个大嘴的怪物从黑雾中冲天而起。

灰豆儿忙躲到旁边的云雾里。大嘴的怪物从他们旁边飞过，直飞向月亮。

灰豆儿问："这是什么怪物?"

八戒大剩说："是大嘴怪，它有天下第一大嘴，什么都吃。今天它嘴张得极大，一定是又发现什么好吃的东西了。"

灰豆儿担心地说："我看大嘴怪是朝月亮飞去的，它可别把月亮吃了?"

八戒大剩说："我看它多半是去吃月亮的。"

果然，他们远远地看见，大嘴怪在围着月亮转，嘴巴张得越来越大。

灰豆儿焦急地叫："我们快去救月亮。"他四脚划动，拼命爬云。可是他的速度实在太慢，就像是乌龟迈方步。

八戒大剩在他屁股上笑道："像你这种爬法，就是爬到老，也到不了，看我助你一臂之力。"它说着，叫一声，"变火箭。"

八戒大剩倒是真的变成了火箭，但是这火箭安倒了。通红的火焰直喷向灰豆儿的屁股，灰豆儿疼得大叫一声，几乎晕了过去。

八戒大剩忙说："对不起，火箭放倒了。"它急忙掉过头来，火焰向后喷去，灰豆儿嗖嗖地飞向月亮。

大嘴怪正张大嘴，贪婪地说："我来闻闻月亮是什么味？"它用鼻头贴着月亮，使劲吸溜着鼻子，说，"好香，好香。是桂花的香味，是巧克力的香味。我来吃掉她。"

它想一口吞掉月亮。

月亮却一下子胀大了，大嘴怪吞不进去。

大嘴怪说："看来我的嘴还不够大。"它把嘴一下子张得更大。这回，它的大嘴正好咬住月亮。

可是月亮在它嘴里，由圆变弯，成了弯弯的月牙。月牙的两尖正好撞在大嘴怪的上下牙床上。

大嘴怪疼得大叫，忙把月亮吐了出来。

月亮像弯弯的小船，飘在它前面。大嘴怪气得大叫："这个月亮，刺得我好疼。我吞不了她，也要把她弄脏。"

大嘴怪吐出一个乌贼形状的枪来。它用力一捏乌贼，从里面喷出了漆黑的墨汁，把月亮弄成了斑斑驳驳的脏月亮。

等灰豆儿飞到月亮跟前，大嘴怪已不见了，天空中只剩下一个脏脏的月牙。

灰豆儿说："月亮被弄得这么脏，我们用云彩把她擦干净。"

灰豆儿从旁边推来一块云彩，他抓起一块小云团儿擦月牙。

八戒大剩却坐在旁边的云彩上看。

灰豆儿问："你为什么不帮忙擦？"

八戒大剩说："大嘴怪在月亮上喷的是妖精牌墨汁，一般的水根本擦不掉，除非到银河。"

灰豆儿打断它的话："你是说用银河的水洗？"他指向远处亮亮的天边，

"银河在那儿呢。"

远处的天空真有一条亮亮的、美丽的银河。

灰豆儿大叫："我们快去。"他对八戒大剩说，"你最好变成一条缆绳，我用你来拉月亮小船。"

八戒大剩说："没问题。"它变得细长细长，一头儿连在灰豆儿屁股上，另一头儿连在月亮小船上。

灰豆儿拉着月亮小船向前爬云。在后面，八戒大剩却慢慢缩短，把灰豆儿的衣襟拉长，绑在了月亮小船上。灰豆儿用衣服拖着小船走，八戒大剩却舒服地躺在小船上。

灰豆儿一边拉小船一边问："八戒大剩，你受得了吗？"

八戒大剩躺在月亮小船里说："没问题，我能坚持。"

快到银河了，灰豆儿回过头来。就在这刹那间，八戒大剩飞快地趴到了连接小船和灰豆儿的衣服上，装做连着的样子。

灰豆儿说："八戒大剩，我们把月亮小船推到银河里。"

他们一起把小船推到银河里，用银河水洗月亮小船。

他们撩了好多水，可是月亮上的墨痕还洗不掉。

灰豆儿说："怎么洗不掉？"

八戒大剩说："一定是大嘴怪用更新换代的妖精牌墨汁了。听说，这种新妖精牌的更厉害，妖气更浓。只有用'天喷星'的灭妖水才能洗掉。"

灰豆儿一怔："灭妖水？"

八戒大剩忙说："你不用怕。这种药水虽然厉害，可是只有妖精才怕，好人不怕。你又不是妖精。"

灰豆儿颤抖着说："对，对。我又不是妖精。再说我们只用这药水洗月亮，是吧？"

八戒大剩说："不，要是遇见妖精也一起洗。"

灰豆儿听了不由得哆嗦了一下。

八戒大剩向银河里喊："天喷星！"

银河里传出声音："是谁在喊我？"从河里跃出一个人身鱼尾的神来。

是个男美人鱼。披着鳞甲，手里拿着一个现代式的喷水枪。

八戒大剩说："是我在叫你。"

天喷星说："啊，是八戒尾巴。我听说你和猪八戒闹了点别扭，暂时分手了。怎么今日到这儿来了？"

八戒大剩说："你说得不错，我现在不做猪八戒的尾巴了，做这位大仙的尾巴了。并且我的名字也改了，叫八戒大剩。"

天喷星怀疑地吸溜着鼻子自言自语："我怎么闻到一股妖精味？"他望着灰豆儿问，"这位大仙是谁？"

八戒大剩说："你别看他长得丑，他可不是妖精。他心肠特好。你不相信？"

天喷星说："你八戒尾巴的话，我当然相信。你找我有什么事？"

八戒大剩指着月亮小船说："看见没有？这月亮被弄脏了。想用你那灭妖水洗。"

天喷星连连摇头："不行，不行。"

八戒大剩说："怎么不行，难道你那灭妖水不灵了？"

天喷星说："我这灭妖水倒极灵。只是玉皇大帝前天刚下的命令，叫我不见兔子不撒鹰。这灭妖水只能用来喷妖精，别的一律不行。"

灰豆儿问："这月亮那么脏，你就不管了？"

天喷星连连摇头："管不了，管不了，月亮脏就脏吧，关我什么事？"说着，就要没入银河。

灰豆儿忙叫住他说："等等。"

天喷星问："等什么？没有妖精，我这灭妖水是一点儿也不能用。"

灰豆儿焦急地问："一丁点儿也不能用？"

天喷星说："对。一丁丁丁点儿也不能用。除非你是妖精。"

灰豆儿听了，不由得生气地说："你这个家伙太小气。"

他跳到天喷星面前说："你看仔细了，我就是妖精。"

天喷星说："是真是假，我用小照妖镜一看便知。你甭想变成个赝品来糊弄我。"

天喷星拿出一副眼镜戴上，再一看灰豆儿，大叫："哇！真是个小妖精。"他拿起喷枪向灰豆儿瞄准。

灰豆儿一下子跳到月亮小船上。天喷星用喷枪喷灰豆儿，灰豆儿灵巧地躲闪。喷枪喷出的药水正喷在月亮小船上，洗掉了一大块脏痕。但药水也溅到了灰豆儿身上一点儿，灰豆儿的衣服立刻被烧破了一块。眼看第二枪又喷来，灰豆儿大惊，急忙躲闪。月亮小船也被翘得斜竖起来，变得挺大。灰豆儿上下左右绕着月亮转，天喷星在后面开喷枪，猛追。

八戒大剩生气地大叫："好个天喷星，你敢把我的好朋友当成妖精，真是瞎了眼。"它也绕着月亮追天喷星。天喷星开枪开得慌张，药水乱射。月牙渐渐地被洗干净了，灰豆儿的衣服也被喷得破破烂烂。他头上也挨了一喷枪，起了个大包。疼得灰豆儿大叫一声："好疼啊！"

八戒大剩急了："你敢伤我朋友？"抡起钉耙，去打天喷星。

吓得天喷星嗖的一下蹿到银河里不见了。

月亮被洗干净了。可灰豆儿的衣服也被弄得破破烂烂，而且鼻青脸肿。

八戒大剩望着灰豆儿说："你真聪明，假说自己是妖精，骗得天喷星上了当。"

灰豆儿哭笑不得地揉着头上的大包说："好疼啊！"

小精灵灰豆儿

斜眼儿点歪睛

灰豆儿在半空中不停地挥动四肢"爬云"。

八戒大剩又像指挥棒一样竖在他屁股后面，不断发出声音："向左，向右。"同时，轻轻地敲他的屁股。

灰豆儿苦着脸，皱着眉头，气鼓鼓地走着。他终于忍不住了，停下来回头问："咱们得说清楚，到底应该谁指挥谁啊？"

八戒大剩笑道："还是我指挥你好。我的鼻子能闻着香味儿，知道哪儿有好吃的。按照我指的方向走，保你吃香的，喝辣的。"

灰豆儿说："可是人家的尾巴都是跟着头走的，到我这儿就大权旁落，这可不行。"

八戒大剩从灰豆儿的屁股移到他的头上说："干脆我当头儿好了。"

灰豆儿忙说："那就更不像话了。哪有尾巴长在头上的？最好你还是变得小一点儿，让别人看不见你，就是你声音再大，别人也以为是我自言自语呢。"

八戒大剩说："好好，听你的。"它把身体缩得小小的，小得看不见。

灰豆儿高兴地说："好，这样好。"他卖弄精神奋力爬云向前。

云彩下面，苍松翠柏，郁郁葱葱。葱茏的树木中露出一座红墙飞檐的庙宇，一股奇香正从庙宇里飘了出来。庙前庙后，彩云缭绕。

八戒大剩在他屁股后面高声叫："快向下，快向下。好事来了。"

灰豆儿向下爬云，他看见庙门上一面大匾上写着：五庄观。

门前还有一块大石碑。碑文是：万寿山福地，五庄观洞天。

灰豆儿问："这是什么地方？"

八戒大剩说："这是神仙洞府。这里住着一个鼎鼎有名的大仙，叫无敌大仙。"

灰豆儿担心地问："他捉妖精吗？"

八戒大剩说："他是最有名的捉妖大王，你没听妖精们都说，敢碰地，敢碰天，就是别撞见无敌大仙。"

灰豆儿哆嗦着说："别进去了，咱们回去吧。"说着转身往回走。

八戒大剩一下子从他屁股后面伸出来，钩住了旁边的树。

八戒大剩说："为什么不进去？那里面有最好吃的人参果。闻一闻就活三百六十岁，吃一个活四万八千年。"

灰豆儿支支吾吾："人参果好吃倒是好吃，可是你和无敌大仙无亲无故，他凭什么会给你？"

八戒大剩说："怎么会无亲无故？当年孙悟空和无敌大仙拜了结义兄弟，猪八戒管孙悟空叫猴哥儿，我是八戒的尾巴，无敌大仙就是我干大伯。我又长在你的屁股上，无敌大仙也就是你的干大伯。"

灰豆儿这才明白，自己又凭空多了一个干大伯。可这干大伯既然是捉妖专家，恐怕自己的亲外甥是妖精，也会照捉不误。何况像他这样八竿子打不着的远亲呢。灰豆儿左思右想，还是不进去为妙。这么想着，他在门口磨磨蹭蹭。

八戒大剩问："你为什么不敢进？除非你是妖精？"

灰豆儿忙说："我不是妖精，我敢进，我敢进。"话已说出口，他只好硬着头皮往庙门里闯。

他刚跨进山门，头顶忽然有咝咝的响声。他抬头一看，吓得倒抽一口凉气，连腿都迈不动了。

在他头顶的一根红漆木梁上，有细细的丝线垂下来，系着一把金剪子。

金剪子在不停地转动，同时发出吓人的声音。

灰豆儿吓得扭头想跑，可是来不及了。金剪刷地挣断丝线凌空飞下，两个锋利的剪刃已经分开，直朝灰豆儿头顶剪来。

灰豆儿闭上眼睛呻吟说："这下小命完了。"

哪啷一声嘹亮的响声，只见一把九齿钉耙正挡在金剪的两刃中间。八戒大剩已从灰豆儿屁股后面飞了出来，握着钉耙，站在灰豆儿的屁股上。

八戒大剩愤愤道："怎么着？大水冲了龙王庙，不认识自家人了？竟把我八戒大剩也当成了妖精？"

金剪晃了几晃，向后一退，在空中打了个旋儿，仍朝灰豆儿飞来。

灰豆儿赶快使劲晃动屁股，使尾巴摇着钉耙也跟着乱动。他故意扰乱阵线，使八戒大剩更加觉得金剪是在和自己过不去。

八戒大剩甩着钉耙，乒乒乓乓地和金剪一通乱打。直把那金剪打得散了架，落在地上。

八戒大剩得意扬扬地说："错把我们当成妖精，真是瞎了眼啦。想当年我跟在那老猪屁股后面去西天取经，先后捉了七十二洞妖精呢，灰豆儿，你说是吧？"灰豆儿连连点头。

八戒大剩站在灰豆儿屁股上神气活现地说："灰豆儿，你大胆地往前走。"

灰豆儿往前走了两步，回头看看散落成碎片的金剪，他对八戒大剩说："你等在这里，我过去看看那金剪。"

灰豆儿让八戒大剩离开他，独自来到金剪旁边，望着破碎的金剪抱歉地说："真对不起你，你没看错。我是小妖精，但我以后决心做个好人了。你再打我也是不应该的。"

这时，八戒大剩飞回到灰豆儿身上说："快往里去，我闻到了好东西的香味。"灰豆儿吸溜着鼻子说："我也闻到了。"

一股香味正轻悠悠从里面袅袅飘出。灰豆儿顺着香味往里走。左绕右绕，穿过曲径幽廊，来到一个挂满紫藤萝的月亮门前，那股香味正从门里飘出。

灰豆儿扒着门缝向里张望，八戒大剩也从他后面钻了出来站在灰豆儿背上向里望。

月亮门里面是一片碧绿的草坪，草坪正中长着一棵稀奇古怪的老树。树上结的是五彩的球形果子。

八戒大剩嘟哝着："这人参果怎么变样了？不像小娃娃似的了？"

灰豆儿说："大概是一种新品种的人参果。"

八戒大剩说："对，对，一定是这样。我听人家说，许多产品早已更新换代，比如洗衣机早已从单缸换成双缸的，又换成电脑的，电视也由黑白变成彩色的了。自然这仙界的产品也会跟着变。说不定这人参果也是第三代第四代产品了呢。"他们正要往里走，突然听到有人声。原来月亮门里面的人参果树下，有一胖一瘦两个仙童，各持一柄拂尘在巡视。

胖仙童说："咱们师傅外出已经有三千天了吧？"

瘦仙童说："这仙果正好熟了，趁师傅不在，咱们何不摘一个尝尝鲜儿。"

胖仙童连连摇头说："不行，这次没有孙悟空来偷人参果了，咱们也不能顺手牵羊了。"

瘦仙童说："可我听说，猪八戒当了净坛使者之后，把他的尾巴割下来扔了，那尾巴到处流浪。咱们何不推到它身上，就说是那尾巴偷的，师傅准信。"

胖仙童说："你这主意不错。"

月亮门外面，八戒大剩听了恨得咬牙切齿："这两个小坏蛋偷吃人参果，却叫我背黑锅。"

月亮门里面，两个馋嘴的小仙童开始干起了偷窃的勾当。

胖仙童口念咒语，手中拂尘一挥，一股小风从拂尘尖上飘出，化作一条白绢，飘飘扬扬直奔树梢，眨眼间便摘下一个五彩果子来。

瘦仙童用拂尘拂来一张小巧玲珑的桌案，桌案上还放着一个托盘和水果刀。

圆圆的五彩果子正落在盘子当中。

胖仙童举刀切开果子，从里面蹦出两个小人来。两个小人穿白衣服戴白帽子，圆圆乎乎，满面红光。

瘦仙童拍手笑说："闹了半天，人参果是长在里面的，还是个双胞胎。"

两个小人一齐摇头说："不对，不对。"

一个小人说："我是红案厨师，专门做天下各种美味菜肴。"

另一个小人说："我是白案厨师，专门做天下各种饭食面点。"

两个小人各从口袋里取出一个橡皮大的小房子，吹口气，房子顿时胀成二尺多高，两个小人钻了进去。

只听左边的小房子里传出一阵叮叮当当的炒勺的碰撞声。接着传出尖尖的嗓子叫喊："四冷四热，四荤四素，四甜四酸，四咸四辣，四浇汁，四爆炒……"随着喊声，一串串小盘子从小房子里飘出来，上面摆满了五颜六色的美味佳肴。这时，右边的小房子里也传出一串叫喊："翡翠饺子，蟹黄包子，豌豆金糕，荔枝馒头，龙须面，刀削面，牛肉面，莲子粥，八宝粥……"

从右边小房子里飘出一串串小碗，盛着各种美食面点。

月亮门外面，灰豆儿和八戒大剩看得一齐流口水。

八戒大剩急匆匆敲灰豆儿屁股问："喂，喂。你有没有瞌睡虫儿?"

灰豆儿害羞地说："瞌睡虫儿我没有，跳蚤倒有几个。"

八戒大剩在灰豆儿背上摸索了一阵说："真有两个小跳蚤，你大概几年没洗澡了吧?"说着，用力一甩，两个小跳蚤折着跟头飞进园中，正落在两个大吃大喝的仙童身上。

瘦仙童抓耳挠腮叫："痒痒，好痒痒。"

胖仙童乐得在地上打滚儿叫："痒死我了。"

两个仙童嘴里说着："快去洗洗。"他们各抱一个小房子跌跌撞撞地跑到屋子里去了。

八戒大剩在灰豆儿背上蹦着说："快进去，快进去。"

灰豆儿问："进去干什么?"

八戒大剩说："去拿人参果。"

灰豆儿吓了一跳："啊？那不是偷吗？"

八戒大剩急不可待地拉着灰豆儿倒飞起来，倒着进入园中，还胡乱说着："没事，没事，犯点儿小错误再改正，照样是好孩子。"

灰豆儿被八戒大剩倒拉着，来到了人参果树下。八戒大剩拽着他在人参果树上飘。

八戒大剩叫："摘大个儿的，大的能变出大碟大碗的好吃的。"

灰豆儿还犹犹豫豫："这么拿合适吗？"

八戒大剩连声说："合适，合适。再说，那小厨师用完了咱们可以再还回来。"

灰豆儿被八戒大剩拽着，飘到一个最大的人参果前。

灰豆儿颤着声说："咱们还是拿一个小一点儿的吧。"他第一次干这种事，实在是慌张。

这时，外面传来胖仙童的声音："师傅回来了。"

八戒大剩大叫："不好，快走！"它弄个旋风儿，卷起个大人参果塞进灰豆儿怀中，灰豆儿慌慌忙忙地爬云就走。

灰豆儿抱着大人参果晕头转向，不知往哪里跑。他在五庄观的曲径回廊里七拐八拐，怎么也闯不出门去。

灰豆儿哆哆嗦嗦地说："八戒大剩，你还在吗？"

没有声音回答。

灰豆儿又哆嗦着说："八戒大剩，你要不在的话，我可把这大人参果扔啦。"

他屁股后面突然传出声音："别扔，别扔人参果。我就藏在你屁股后面呢。"

灰豆儿说："那你用鼻子闻闻，咱们应该往哪儿走，我迷路了。"

八戒大剩说："我一听那无敌大仙来，鼻炎就发作了，再也闻不出路来。你就瞎闯吧，找没人的地方走就是。"

灰豆儿只好沿着廊子乱走，他走进了一间屋子。正想绕到屏风后面，看看有没有门，却听到一个低低的声音："请救救我。"

灰豆儿吓了一跳，抬头四下张望，连个人影也没有。他自言自语道："吓得我都耳鸣了，其实什么声音也没有。"

那声音却又低低地响起："请救救我。"

灰豆儿忙歪头向发出声音的地方细看。他发现屏风的画面上有一条金龙，金龙的长须在微微颤动。

灰豆儿望着金龙，胆怯地问："是你在叫我。"

金龙嘴巴一张一合地说："小龙求天蓬元帅救命。"

灰豆儿忙说："这儿没有天蓬元帅。"

八戒大剩突然从灰豆儿屁股上钻出来，站在他背上神气地说："谁说没有？"

灰豆儿问："在哪儿呢？"

八戒大剩指着自己说："在这儿呢。"

灰豆儿怀疑地问："是你？"

八戒大剩说："猪八戒曾做过天蓬元帅，我是他的尾巴，自然可以作为全权代表。"

八戒大剩在灰豆儿背上得意地摇晃着，问金龙："你也认出我来了？"

金龙说："小龙不是认出来的，是闻出来的。因为小龙没有眼睛，什么也看不见。"

果然，屏风上金龙的眼窝处是一小块空白。

金龙说："小龙是用鼻子闻出你身上带着八戒的仙气……只是怎么里面还有一股子妖气？"

灰豆儿听了吓得一哆嗦，怀里抱的大人参果骨碌到地上。八戒大剩急忙飞过去捡大人参果，还嘟哝："灰豆儿，少管闲事，快跟我去吃人参果。"

八戒大剩拉起灰豆儿就往外走。

金龙又叫："天蓬元帅救命！"

八戒大剩胡乱应着："我今天公务在身，且没有带救命的工具，咱们改日再谈吧。"说着拽上灰豆儿就走。

灰豆儿走到门口，偶尔一回头，却见那金龙的眼窝的空白处，掉出两颗亮晶晶的泪珠。灰豆儿忍不住颤抖了一下，停下脚步说："他流泪了。"

八戒大剩说："流泪也别管了，再晚走一会儿，叫无敌大仙追上，咱们也得倒霉。"灰豆儿说："要不你先走，我自己回去看看。"他说着转身往回走。

八戒大剩只得气鼓鼓地跟着回去。

灰豆儿问："你怎么不走了？"

八戒大剩愤愤地说："你不走，我要走了还算是你的尾巴吗？我早说过，嫁鸡随鸡，嫁狗随狗。"

灰豆儿高兴地抱着八戒大剩："你真不错。"

他们走到屏风前面。灰豆儿问："你为什么哭？有什么伤心事？"

金龙悲哀地说："我原是八部天龙，三百年前，玉帝命我降五寸雨，我私自降了八寸。违反了天条。"

八戒大剩连连摇头："不值不值，要是多降八吨酒或八吨香油违反天条还凑合。降这白水犯天条太不值。"

灰豆儿问："你为什么要多降雨水呢？"

金龙说："这多余的三寸水，我降到了终南山中一个快要没水的小湖里。因为湖中有两条小龙要渴死了。"

灰豆儿说："这是救人，不算什么错误。"

金龙说："但终究是违反了玉帝圣旨，我便被剜去了双眼，关押在无敌大仙这里，已经三百年了。"

灰豆儿说："一寸雨水关押一百年，也差不多了。但我怎么救你呢？"

金龙欢喜地说："在屏风后面，有一支毛笔、一个百孔砚台。只要用毛笔蘸上百孔砚台里的墨，为我点上眼睛即可。"

灰豆儿点点头，恍然大悟说："我明白了，这叫'画龙点睛'。我这就为你点睛。"

金龙感激地说："谢谢天蓬元帅。"

八戒大剩忙说："你别谢我，我可不贪别人的功劳。我告诉你，我叫八戒大剩。"

金龙渴望地睁着瞎眼问："那是谁呢？是谁在救我？"

灰豆儿忙说："是和八戒大剩连接的部分。"

金龙问："什么人和八戒大剩连在一块？"

灰豆儿吞吞吐吐地说："是，是一个叫灰豆儿的。"

金龙说："灰豆儿大仙？没听说过。但我想他一定是位特别好的神仙。"

灰豆儿跑到屏风后面，用毛笔在百孔砚台里蘸了墨汁。又回到金龙画像前。他小心翼翼地盯着笔，正要点，忽然说："这龙的眼眶怎么是歪的？"

八戒大剩说："一点儿也不歪，除非是你的眼睛歪。"

这会儿，灰豆儿的眼睛真是歪斜的。他不由自主地说："大概我的眼睛是有点儿斜。"

八戒大剩又说："你的眼睛怎么会斜？只有妖精的眼睛才是斜的，你又不是妖精。"

灰豆儿哼哼唧唧："我，我，当然不是妖精。"

这时外面有响声，八戒大剩急忙说："快点，快点，有人来了。"

灰豆儿手哆嗦着说："我这就点。"

他自言自语："我一定要把这眼睛点正，我歪着点，歪上加歪，就正了。"

灰豆儿使劲歪着头嘱咐自己："我的手千万不能哆嗦。"他的手反而抖得更厉害了，他太紧张了。

这时，外面的喊声越来越近："偷人参果的家伙在哪里，别叫他跑了。"

屋内，八戒大剩着急地催促："快走，快走。"

灰豆儿使劲一歪脑袋，坏了，他歪过头了，他把金龙的眼睛点歪了，成了斜眼金龙。

金龙的眼睛一被点上，立刻眨动起来，龙的身体也随之抖动，并散出道道金光，大有腾空而起之势，就连屏风上画的云朵也跟着飘动起来。

八戒大剩大叫："快，快！"

灰豆儿正要向门口跑，八戒大剩却一下子将身子变得细长，像绳子一样卷起灰豆儿，拴到了金龙的尾巴上。

灰豆儿问："这是干什么?"

八戒大剩说："傻瓜,坐飞龙车不比咱们自己跑得快?"

轰隆一声,金龙已冲破屋顶,腾上高空,身体变得有几十丈长,在云中飞舞盘旋,越飞越高……

金龙的尾巴带着灰豆儿在空中盘旋飞舞。飞舞够了,金龙从腰间取出一个古色古香的令牌,在云彩中晃了两晃,令牌放出光芒。

刹那间,西北、东南各有两团云滚滚而来。

一团云彩上站着雷公、电母,另一团云彩上站着云童、风伯。

大家齐声说："祝贺天龙今日新生。这样我等也有了工作,不再失业了。"

金龙说："我这次出来是托一位灰豆儿大仙的福。诸位记住,以后碰到那位灰豆儿大仙,切不可怠慢他。"

在金龙尾巴上的灰豆儿悄悄对八戒大剩说："你听,金龙感谢咱们呢。他还不知道咱们躲在他的尾巴上,咱们快走吧。"

八戒大剩说："等一等,他既然说谢,说不定他会送咱们一些生猛海鲜呢。"

金龙一举手中的令牌说："众将听令。"

雷公赶忙问："大王可是要降雨?"

金龙说："是的,三百年一直被关着,手都痒痒了。"

众人忙说："我们手也都痒痒得不得了呢。"

雷公说："我这三百年一直无雷可打,只好憋在家里造鼓玩,造了一个特大的鼓。大家快来帮忙。"说着,他和电母拉开旁边的云层,露出一个山一样的大鼓。

云童惊叹："哇!这么大的鼓,简直可以载入吉尼斯世界纪录大全了。"

雷公又叫："快来帮忙。"原来他举不动像松树一样的大鼓槌。电母、云童、风伯一块帮他举,总算把大鼓槌举了起来。

金龙说："朝我令牌指的方向打雷。"金龙说着睁大眼睛看。他的眼睛是斜的。

灰豆儿看了忙说："金龙的眼睛是斜的，恐怕打雷也得歪，这可怎么办？"

说话间，金龙说："给我朝下面打。"他手中的令牌却朝天上一挥。

灰豆儿急忙喊："指错了，指的方向歪了。"可他的声音太小，大家根本听不见。雷公、电母等人已挥动大槌击鼓。

天崩地裂的一声响，一道又粗又长的电光向九重天斜射过去。

九重天上，有个巨山一样的大陨石挡在南天门前面，托塔李天王正指挥天兵天将想将陨石移开。他们个个累得汗流浃背，陨石却一点儿不动。

太白金星从北天门里出来，对李天王说："玉帝叫我来看看，你们将这挡路的陨石移开了没有？"

李天王说："还没能移开。"

太白金星说："怎么都干了两个月了，还移不开？"

李天王苦着脸说："您不知道，这陨石是从太阳系以外飞来的，恐怕十万八千吨不止。"

他们正说着，猛听一声巨响。原来那个巨雷正好劈在陨石上，把陨石劈成两半，露出中间通通畅畅的南天门大道来。

李天王欢喜得结结巴巴地叫："路，路打通了。"

众天兵天将也都欢呼："陨石被挪开了。"

下面，金龙和雷公等人仰望天际，只见雷响处一片红光。

金龙惊问："你们怎么朝天上打雷？"

雷公、电母等人说："大王的令牌就是朝天上指的。"

金龙连声叫："坏了，坏了。是我指错了方向。这回娄子捅大了，恐怕得关六百年了。大家快散伙。"

这时，一个小点儿从天际飞来，飞近了，大家看清是太白金星。

太白金星说："那金龙听着，你们发出的神雷正好将挡在南天门前的陨石劈开，立了大功，玉帝要好好奖赏你们。"

众人听了个个眉开眼笑，乐得蹦起来。

太白金星问道："这里距九重天有万里之遥，你们的雷怎么瞄得这么准?"

金龙忸忸怩怩地说："这也是歪打正着，小龙的眼睛被一位好心的大仙点歪，故而举的令牌歪，打出的雷也歪。"

太白金星说："这样说来，应该奖赏那位大仙，但不知他在哪里。"

太白金星的话刚说完，八戒大剩已大喊起来："在这儿，在这儿。灰豆儿大仙在这儿。"

太白金星说："大仙请过来一见。"

八戒大剩悄悄对灰豆儿说："你快过去领赏，我得先藏起来。"

灰豆儿问："为什么?"

八戒大剩悄声说："那老头最喜欢猪尾巴就酒，他老用不怀好意的眼光看我。"

八戒大剩说着，隐到灰豆儿的身体里不见了。

灰豆儿划着云彩到了太白金星面前。

太白金星问："你就是灰豆儿大仙?"

灰豆儿说："我叫灰豆儿，但还不是大仙。"

太白金星突然皱着眉头，使劲吸溜着鼻子。

灰豆儿担心地问："您闻到什么味儿了？我这儿可没有猪尾巴味儿。"

太白金星冷笑说："但我闻到了一股妖精的气味。"

灰豆儿心慌地说："我可没干过坏事。"

太白金星说："看你外表，虽丑，倒是个吉祥的模样。让我用照妖镜再来看一看。"

灰豆儿忙说："照妖镜就免了吧，您老别费心了。"

太白金星冷笑道："凡是妖精都怕我这照妖镜的，因为他们都干过坏事。"

灰豆儿说："可我没干过坏事。"

太白金星从袖里拿出一面镜子，对准了灰豆儿。镜子一闪亮，射出一团光，照在灰豆儿身上。镜子里出现了一个小妖精的影子。

太白金星哈哈笑道："哈哈，好一个小妖精，竟敢到这儿来冒领大功劳，你真是胆大包天。"

灰豆儿慌忙说："我没有说谎，那金龙的眼睛是我帮助点的。"

太白金星道："妖精根本不可能干好事，就算是你点的，你也是故意点歪的，你想劈南天门吧？来人，给我将这小妖精拿下。"

从云层里涌出天兵天将，围向灰豆儿，越来越近，眼看就要抓住灰豆儿了。八戒大剩突然钻出来，变成一个大口袋状，将灰豆儿一裹，化作一团风从包围圈里飞出。太白金星大吃一惊地说："咦？这小妖精怎能从我的照妖镜里逃脱？"

空中传来八戒大剩的声音："太白老头，你抓错了，我们根本不是妖精。"

小精灵灰豆儿

红色鱼鳞衣

灰豆儿带着他的八戒大剩在原野的上空轻悠悠地漫步。

天好蓝，水好碧；花是红的，草是绿的，真是一派好风光。这么多日来，很少有这种闲情逸致，灰豆儿很想作一首诗。他皱着眉头一个劲地冥思苦想，因为写诗是很难的。而灰豆儿干事又极认真。他想得嘴都快歪了，还是没想出一个词来。

可就在这时，他听到一个声音在吟唱：

> 蓝呀蓝，似蓝天。
>
> 白呀白，似白云。
>
> 红呀红，似红日。

是谁写的诗这么合辙押韵？此人的才气一定不小。灰豆儿不由得抬起头来，四下寻找。他吃了一惊。因为他看见八戒大剩正在自己的屁股上，摇头晃脑地吟唱。

"八戒大剩，是你在念诗？"灰豆儿问。

"是的，是的。"八戒大剩得意扬扬地说。

灰豆儿很感动地说："我真没想到，你写的诗这么好，你真棒。"

八戒大剩说："更棒的还在后面呢，你再听我这后面的：

　　　　煎呀煎，煎蓝的。
　　　　炒呀炒，炒白的。
　　　　溜呀溜，溜红的。
　　　　煎炒溜炸都好吃。

　　灰豆儿听着，觉得有点儿不对劲儿，这哪儿叫诗啊？倒有点儿像"大众菜谱"；而且他感到屁股有些湿漉漉的，原来八戒大剩在流口水。灰豆儿忍不住叫道："你不是在作诗，你一定又想起什么好吃的东西，嘴馋了。"

　　八戒大剩笑道："不错，不错。我一想起好吃的，就诗兴大发。你看下面是什么？"

　　灰豆儿低头向下看。下面是一条清清亮亮的小河，碧绿的河水一清见底，河中有三条小鱼。这三条小鱼很不一般，一条蓝的，一条白的，一条红的。游起来鳞光闪闪，弄得满河生彩。

　　灰豆儿不由得赞叹："好漂亮的小鱼。"

　　八戒大剩说："吃起来味道一定很香。"

　　灰豆儿说："这么好看的鱼，你怎么忍心吃它们？"

　　八戒大剩笑道："我的心虽然不忍，但我的胃是不饶人的。"

　　正说着，三条小鱼忽悠悠地游出了水面，八戒大剩愣愣地看着，不禁呃了一声，连声说道："吃不得，吃不得。"

　　灰豆儿奇怪地问："你怎么又不吃了？"

　　八戒大剩敲了一下灰豆儿的屁股说："你快看。"

　　灰豆儿赶快睁大眼睛看。他吃惊地看见，三条彩色的小鱼竟然轻悠悠地游出了水面，到了空气中。

　　三条小鱼在透明的空中游着，自由自在地摆着尾巴。小蓝鱼在前，小白鱼在中间，小红鱼在最后面，向着树林游去。

　　八戒大剩急忙小声对灰豆儿说："快跟上它们，快跟上它们。"

灰豆儿不明白地问："为什么？"

八戒大剩说："一会儿，你就会看到千年难见的景象了。"

灰豆儿带着尾巴，轻轻地爬云跟在它们后面。

三条小鱼在空中飘着，小蓝鱼一边往前游，一边回头招呼另两个伙伴："快点儿，要抓紧时间。"

"是的。"小白鱼答应着，紧摆着尾巴。

"怎么这些小鱼还会说人话？"灰豆儿问八戒大剩。

八戒大剩说："它们可不是一般的鱼，并且它们也不小，至少都活了几百年。"灰豆儿思索着说："这倒也是，普通的鱼是绝不会离开水的。"

前面两条小鱼加紧往前游着，最后面的小红鱼却像是刚出笼子的小鸟，看着什么都新鲜。它不像前面的两个小姐妹只顾低头往前，而是东张西望。一会儿，闻闻这边的小花儿，一会儿碰碰那边的含羞草。碰得含羞草慌忙低下头，小红鱼发出了开心的笑声。

灰豆儿说："这小红鱼真是个小淘气。"

八戒大剩说："在冰冷的深潭里不见天日地修炼了几百年，大概也把它憋坏了。"

小蓝鱼和小白鱼已经飘过了草地，而小红鱼还在这里贪玩。外面的景色太吸引它了，它简直流连忘返了。它在追一只小白蝴蝶。小白蝴蝶飞向高处，小红鱼也游向高处。小白蝴蝶落下来，小红鱼也紧摇尾巴跟着游下来，眼看它的嘴就要碰到小白蝴蝶了。它没有去吞，而是噗的一下，从嘴里吐出一个小泡泡，吓了小白蝴蝶一跳。小红鱼却开心地笑了。

过了一会儿，小红鱼玩累了，它舒舒服服地躺在一片长树叶上，翘着美丽的尾巴，打着小呼噜睡着了。

躲在树林后面的灰豆儿说："小蓝鱼和小白鱼早游走了，它还一点儿不知道。我去告诉它。"他向长树叶跑去。

灰豆儿马上就要跑到树叶跟前了，那片树叶突然动了起来，一下子把小红鱼包在里面，惊醒的小红鱼奋力挣扎。可是树叶已被一条线拉着，飞向了树林。灰豆儿带着八戒大剩急忙追过去。

树林里有一个又胖又蠢的丑东西，是大嘴怪。它正张着二尺半长的大嘴，流着口水，望着面前的小红鱼。

灰豆儿吃惊地叫："啊，大嘴怪。"

大嘴怪笑嘻嘻地说："嘻嘻，是我。"

灰豆儿说："不许你吃小红鱼。"

大嘴怪狡猾地笑着，说："我才不吃它呢，我不是傻瓜。我要……"它说着，用手使劲捏小红鱼的尾巴，嘴里喊，"快把你的红鳞衣脱下来。"

小红鱼痛苦地挣扎着，身体向前一滑，红色的鱼鳞衣脱了下来。

红色的鱼鳞衣在大嘴怪手中闪闪发光。而小红鱼却变得无色透明，仅像一条鱼的影子。它似乎很虚弱，弱得怕见阳光，无力地摇着尾巴，向树林深处飘去。

大嘴怪兴高采烈地叫着："哈哈，我把红鱼的鱼鳞衣弄到手啦！"

这时，一直不作声的八戒大剩突然嗖的一声从灰豆儿的屁股上飞出，变成一个九齿钉耙，高声叫着："一耙九眼儿！"向正在傻高兴的大嘴怪头上狠狠砸去。

八戒大剩使的力量好大，把吃奶的力气都使出来了。只听啪的一声，把一点儿没防备的大嘴怪打得七魂出壳。只是八戒大剩太求胜心切，把九齿钉耙拿倒了。齿尖朝上，是用耙子头打的。但就这样，也把大嘴怪打得成了一个扁片。

"哎哟！"被打成扁片的大嘴怪哼哼唧唧，把身体伸展成歪歪扭扭的样儿，在八戒大剩面前直晃悠。

八戒大剩一愣："怎么我的耙子没在你身上打出眼儿来？"

灰豆儿忙喊："你的耙子拿倒了。"

八戒大剩急忙掉转耙头，嘴里还叫着："你等着。"

大嘴怪还等它掉转耙头？早从被打歪的嘴里喷出一股烟雾来，一阵风似的逃走了。

一团金红色的东西在草地上闪闪发光，那是大嘴怪丢下的红色鱼鳞衣。

八戒大剩看见了高兴地叫："哈，这个傻瓜净顾着逃跑，把红色的鱼鳞衣丢下了。"

灰豆儿过去把红色鱼鳞衣捡起，那东西在他手中放出一圈一圈的光环。

八戒大剩说："灰豆儿，快把这红色鱼鳞衣穿上。"

灰豆儿说："应该还给那条小红鱼，这是它的衣服。"

八戒大剩哼哼唧唧地说："可，可，可你现在到哪里去找它？快穿上，快穿上。"

灰豆儿在草地上跑来跑去，他又跑到树林里。可小红鱼的影子像是消失了一样，哪儿也没有。

"快穿上，快穿上。再不穿上，这红色鱼鳞衣就要化成水了。"八戒大剩在他屁股上着急地喊。

红色鱼鳞衣在灰豆儿手中，真的变得更软了。

灰豆儿想了想说："我先穿上，等找到小红鱼再给它。"八戒大剩一连串地喊："找不到，找不到。就是找到了也不给。"

灰豆儿站在草地上，说："这鱼鳞衣太小，也就够我伸进一只脚去。"

八戒大剩说："你就使劲蹬，使劲踹。"

灰豆儿把一只脚伸进红色鱼鳞衣说："我不能蹬，再蹬，这鱼鳞衣就该坏了。"

八戒大剩皱着眉头叫："哎，哎！你放心，肯定蹬不破。看来还得让我帮助你。谁让我是你的尾巴呢？"说着，它从灰豆儿屁股上飞起来，一下子来个扫堂腿，将灰豆儿扫倒在草地上。

八戒大剩又飞过去卷起鱼鳞衣，向灰豆儿双脚套去。

红鱼鳞衣太小，只套到灰豆儿脚腕子处。八戒大剩变成一把槌子，咚咚咚敲着灰豆儿的脑袋，把灰豆儿往红鱼鳞衣里敲。

灰豆儿脑袋都被敲出了大包，连声叫："好疼，好疼。"

八戒大剩厉声叫道："疼你也得忍着，我这是为你好。"

灰豆儿被一点儿一点儿敲进红鱼鳞衣里，只剩下头，再也敲不进了。灰豆儿一看自己的模样，哭丧着脸说："这下，我成美人鱼了，连脚都没了。"

八戒大剩却兴高采烈地摇晃着说："好，好极了。你的福气来了。"

灰豆儿像一条鱼一样，摇摇摆摆地晃着尾巴埋怨说："有什么福气？没有脚了，连走路都不方便。"

八戒大剩说："这你就不明白了。这小红鱼可不是平常的鱼，是苦心修炼了几百年的小神鱼，今天是它们跳龙门的日子。你穿上这红色鱼鳞衣，若是能跳上龙门，便可立刻成龙成仙，我当你的尾巴，也可以借许多光。"

灰豆儿不安地说："可这鱼鳞衣是属于小红鱼的呀？"

八戒大剩说："可是，现在根本找不到它了，这正说明是你的福气。一会儿，另外两条小神鱼定要来找。看到小红鱼变成你这副模样，定然吃惊。它们一吃惊，定然会忘记跳龙门。弄不好，会鸡飞蛋打，大家都错过这千载难逢的好机会。"八戒大剩说着向远处一望，"不好，那两条小鱼来了。"

果然，远处有两条小鱼晃晃悠悠的影子。

灰豆儿顾不得多想，忙说："那你就把我的脸也变成小红鱼的样子。"

八戒大剩说着，摇晃着，呜里哇啦地念着咒语。

八戒大剩叫声"变"，灰豆儿脑袋变成了老倭瓜。

八戒大剩慌忙说："坏了，倭瓜脑袋怎么跳龙门？"

灰豆儿也慌了，呻吟着说："你不是把猪八戒的三十六变全拿来了吗？怎么把我变成这模样？"

八戒大剩说："别慌，看我再念。"说着又是一通呜里哇啦，叫声"变"。

这回灰豆儿的脑袋变成了茄子。

灰豆儿惊慌地说："怎么又变成茄子了？"

八戒大剩不好意思地说："我这本事多日不练，有些手生。待我多念他百八十遍。说不定，瞎猫碰死耗子，有一次就能蒙对了呢。"

灰豆儿晃着茄子脑袋说："得了吧，你快把我变回来，那两条小鱼已经过来了。"

真的，小蓝鱼和小白鱼已沿着草地飘过来了。

八戒大剩忙弹了一下灰豆儿的脑门，灰豆儿脑袋变回了原来的模样。八戒尾巴也忙缩得小小的，落到了灰豆儿的鱼尾上。

小蓝鱼和小白鱼一齐叫："小红鱼，你在哪儿？"

灰豆儿捏着嗓叫："我在这儿呢。"说着摇着尾巴向它们游去。

两条小鱼一见了灰豆儿，吃惊地问："小红鱼，你的脸怎么变成了这副模样？"

灰豆儿不慌不忙地说："两位不知，我在水底修炼时，也稍微练了一下变化的本事。刚才我悄悄自己试了一下，没想到就变成了这副模样。我吓着你们了吧？"

小蓝鱼说："可不是。不过你这么一说，我就一点儿不害怕了。"

小白鱼说："小红鱼，真没想到你还有这本事，你能教教我吗？"

八戒大剩听着忍不住低声嘟哝："坏了，要露馅了。这回看他怎么教？"

没想到灰豆儿不慌不忙地说："教是可以的，只是咱们姐妹可别忘了跳龙门的大事。咱们一辈子才碰到这么一回。"

两条小鱼听了都说："幸亏你提起来，我们就是来找你的，可一看你的模样，差点把这天大的事忘了。"

"快走，快走。"三条小鱼一齐喊着。小蓝鱼在前，小白鱼在中间，小红鱼在后，摇晃着尾巴奋力在空中游着。

八戒大剩在灰豆儿身后小声笑骂："没想到，你这个小灰豆儿撒起谎来，编得这么圆。说起来，这么利嘴滑舌，头头是道。"

灰豆儿小声哼唧："我这也是没有办法。我怕影响它们跳龙门。"

八戒大剩佩服地说："你这么聪明的小脑瓜儿，要是想干坏事，绝对能当成第一流的小坏蛋。"

正说着，突然，耳边有隆隆的声响，似山摇地动，似万马奔腾。灰豆儿有些慌张，忙回头低声问："这是怎么回事？"

八戒大剩在他身后欢喜地叫："好事来了，好事来了。"

前面的小蓝鱼和小白鱼也兴奋地晃着尾巴跃跃欲试，灰豆儿忙跟着晃尾巴。

只听轰隆一声，在他们面前出现两座高耸入云的山峰，这两座山如刀削斧砍，挡在前面。灰豆儿吃了一惊，这就是天门。他曾听自己的祖祖祖祖奶奶讲过,这天门一千年才出现一次。鱼跃上天门立刻成龙;凡人上去,即可成仙。至于他们妖精,根本没有份儿。

"看见了吧?这是天门。"八戒大剩在他身后兴奋地说,"你只要上去,马上就可以入仙籍。"

灰豆儿问:"什么是仙籍?"

八戒大剩说:"就是仙人的国籍。"

灰豆儿激动地问:"入了仙籍,我就是神仙了?"

八戒大剩说:"当然。"

灰豆儿激动得有点结巴:"别人就……就不会叫我小妖精了,就不敢再欺负我了?"

八戒大剩厉声说:"谁敢?你已经是堂堂的灰豆儿大仙了。不光是你,就是我也会鸟枪换炮,今非昔比了……"

灰豆儿听着八戒大剩喋喋不休的话语,心里百感交集。他想到自己从此再也用不着躲躲藏藏、怕别人叫他妖精了。再也不必担心别人把什么坏事都扣在他身上了。从此他可以堂堂正正地做神仙了,不,不必是神仙,只要做个普通人他就满足了……

一想到自己的愿望就要实现,灰豆儿简直激动万分,他不愿再等了,他决定马上跳天门。灰豆儿抖擞精神,使出浑身的本事,身体向上一蹿,奋力爬云,他要上天门……

"等一等。"八戒大剩在后面向下拉他。

灰豆儿奇怪地回头问:"你为什么拉我?"

灰豆儿的话还没说完,只听噼啪一声巨响,从天门上打下一道电光。一个响雷正击在灰豆儿的身上,打得他三魂出壳,一个跟头跌了下来,狠狠地摔在地上。

可怜的小灰豆儿都快被打傻啦,他疼得鼻涕眼泪一块往下流,嘴里结结巴巴地说:"八,八,八,八戒大剩,这,这,这,这是怎么回事?"

八戒大剩还没来得及回答,天门上传下来厉声喝问:"那小红鱼,你怎么如此不懂规矩?你难道不知,天瀑下来时,你才能向上,并且不能使用任何法术？”

灰豆儿这才明白，他上天门心切，爬早了，他还错误地用了爬云术。

“那小红鱼，你为何不作声？难道心里有鬼？我看你那爬云术，姿势不正，难道是妖精不成？”

灰豆儿慌作一团，一时说不出话来，八戒大剩忙代他大声喊：“小的绝不是妖精，只是刚才太激动，不慎抽起了羊角风，抽到上面去了。”

天门上的声音说：“念你修炼不易，又属初犯，原谅你一次。你可要更加努力，爬上天门。”

八戒大剩忙说：“是，是。我小红鱼拼了命也要爬上天门。”说着悄悄拍了灰豆儿屁股一下。

灰豆儿心里热乎乎的，想：“这八戒大剩真够朋友。”

突然，天空一片银白色闪闪亮亮，沿着没入云端的山峰，从九天上流下来。这是银河水形成的一条巨大的瀑布，这就是天瀑。

这时从四面八方游来许多鱼，一齐迎着天瀑奋力向上游。小蓝鱼、小白鱼和灰豆儿混在中间，同它们一起往上冲。

一米、两米、三米……鱼群已逆着水流，冲上十几米了，轰隆……落下的水浪把它们砸下来。它们像小树叶一样散落在下面的深潭里。但鱼儿们又很快地聚到一起，顽强地向上冲。

小蓝鱼在里面高声喊：“大家排好了，一个顶住一个，一起往上用力。”

立刻，一条长长的鱼流出现了。鱼儿们互相呼唤着，一齐向上。灰豆儿混在鱼群中间，他的尾巴被下面的鱼顶着，他的头顶着上面的鱼，他向上望去，上面的鱼连成了一条长长的线，一直向天瀑的顶端延伸……一百米、两百米……

轰隆……更强大的水浪砸下来，鱼群又一次像小雨点儿一样落下来。

下面的水潭里浮出了许多细碎的、闪闪亮亮的东西，那是被砸落的鳞片……

一群群的鱼掉转头游走了。因为它们都看出，上天门实在太难了。它们艰难地抬起头，望着远在极处的天门顶，它们费了那么大劲儿，也顶多上了千分之一。游到顶端，对它们来说，也许永远只是个美丽的梦。

　　渐渐地，在这由天上垂下来的瀑布里，只剩下三条小鱼了，小蓝鱼、小白鱼和灰豆儿，他们已经向上走了好久好久了。远远看去，高垂天际的瀑布就像一匹白缎，三条小鱼就像三个极小的点子。

　　灰豆儿望望左右，说："只剩下我们三个了。"

　　小白鱼自豪地说："因为我们不是普通的鱼。"

　　小蓝鱼大声喊："加油，向上冲！"

　　三条小鱼迎着冲下来的激流，更加奋发向上。

　　轰隆隆……天上打下电火，随着耀眼的蓝光，一串串响雷击下来，击在小鱼们的鳞甲上，迸发出一片火光。

　　灰豆儿的四周全是电火，他有些慌张。八戒大剩在他身后说："不要怕，你的红色鱼鳞衣能够抗击雷电。"

　　咔啦啦，一个重重的炸雷在灰豆儿的头顶爆开，灰豆儿被震得眼冒金星，一个跟头栽下去……

　　不知什么时候起了风，在他耳边呼呼作响，接着下起了大雨，灰豆儿清醒过来，他感到有股力量在托住他，是八戒大剩，在他下面低声喊："一定要坚持住，这是在考验你。"于是，灰豆儿又挣扎着，奋力向上。他看见小蓝鱼和小白鱼也一次次被雷电打下来，但又顽强地冲上去……终于，他们已经看见天门顶了，已经看见上面飘动的五彩云和一个个莲花宝座……

　　三条小鱼更加激动起来，他们连成一线，速度快得如同三道彩光，在雷与火的交织中穿行。

　　终于，一道蓝光跃上天门顶，那是小蓝鱼。它的身上突然放出五彩的光环，一声巨响，小蓝鱼变成了一条蓝色的巨龙，飞腾到空中。紧接着又是一声响，出现了一条白龙，那是小白鱼变的。它们一起在彩云中飞腾。

　　灰豆儿被眼前的景象惊呆了，他看见两条飞腾的彩龙，心颤抖得都快从胸腔里跳出来了。一会儿，他也要变成一条天龙了，这和小妖精差得多远啊，这会儿，他似乎忘却了一切，脑子里只有一个念头：一定要冲上去。

　　"小红鱼，加油。"两条龙在上面也向他喊。

小蓝龙激动地说："小红鱼，你一定要坚持住，为了上天门，我们受了多少苦，尤其是你，受的苦最多。"

灰豆儿听着，突然颤抖了一下，他眼前仿佛晃动着一条透明的小鱼的影子，那是丢掉红色鱼鳞衣的、真正的小红鱼。灰豆儿哆嗦了一下，在这片刻间，他的身体向下滑了数十丈。

小蓝龙和小白龙在上面惊呼。八戒大剩也在灰豆儿下面叫："要顶住，向上。"

灰豆儿没有向上，而是转头向下望，他浑身剧烈地颤抖起来，因为他看见，在瀑布下的深潭的阴影中，一条小红鱼的透明的影子在悄然落泪。

灰豆儿不再犹豫了，他深吸一口气，突然身体笔直向下滑落，就像一支利箭。

八戒大剩在他身下慌乱地说："别往下，不然，你那么多努力都白费了，以后再也不会有这千载难逢的好机会了，要争取时间，因为瀑布马上就要消失了。"说着，它突然闭住了嘴，它也看到了小红鱼的影子。一直唠叨不休的八戒大剩只说了一句话："啊，你是想把红色鱼鳞衣还给它。"就再也不作声了。

落在水潭里的灰豆儿飞快地游到透明的小红鱼影子旁边，他脱掉身上的红色鱼鳞衣，递给透明的小鱼说："快穿上你的鱼鳞衣。"

透明的小鱼一穿上鱼鳞衣，立刻变成了小红鱼。灰豆儿推着它快速向瀑布上面游去。

灰豆儿用力托着小红鱼向上，他已经筋疲力尽了。猛然，他感到后面有一股力量在托他，他低头一看，是八戒大剩。

一滴，两滴……从上面落下滴在灰豆儿的头上，那是小红鱼的泪……

一条红色的龙升腾在天门顶上，那是小红鱼变成的。

……

三条小龙在天空感激地向地上的小妖灰豆儿点头，灰豆儿高兴地望着它们，他身后的八戒大剩像旗杆似的摆动。

小精灵灰豆儿

补 天

灰豆儿和八戒大剩来到了一个大湖边上。

湖里是一片无边无际的荷塘。正是荷花盛开的时节，一朵朵粉红的荷花在绿荷叶中间，十分好看。

灰豆儿闻着荷花的清香，不禁心旷神怡。他很想写诗，可是又觉得自己没有才气。就在这时，他又听见八戒大剩在背后朗朗念道："接天莲叶无穷碧，映日荷花别样红。"

灰豆儿听了心头一喜，这可是好诗，是地道的宋诗。和八戒大剩上次念的大众菜谱绝不一样。他正要喝彩，八戒大剩却突然说："这诗写得不对。"

灰豆儿惊异地问："怎么不对？"

八戒大剩从灰豆儿屁股上飞起来，落到一片大荷叶上说："说这荷叶无穷碧就不对。你看这片荷叶上就有几点黑。"

灰豆儿爬云爬到大荷叶上，他看见圆圆的荷叶上有一汪水，水里有五六只小蝌蚪。

太阳照在荷叶上，亮晃晃的，荷叶上的水都快干了。小蝌蚪的头都露出水面，在艰难地喘息。

灰豆儿看了忍不住说："哪个小坏蛋恶作剧，把小蝌蚪放在荷叶上？水一干，它们不被晒死才怪。真是该骂。"说着他小心翼翼地把小蝌蚪一只只放进水中。

八戒大剩说："我来替你骂，我最会骂人。能骂一上午，不带重复的。"它正说着，突然，不知从何处飞来一块橡皮膏，啪的一下，把它的嘴堵住。慌得八戒大剩嘟嘟囔囔，要揭下橡皮膏，不料，一下子又飞下来五六块橡皮膏全贴在八戒大剩的身上。

灰豆儿还来不及过去帮忙，从云端中垂下一条钓鱼线，将八戒大剩钩住，嗖嗖嗖地拉上了九天云霄。

在九天云霄，这里正是女娲补天的地方。天穹像个倒扣的大碗，上面镶满了闪闪亮亮的五色石，犹如彩色的繁星。胖胖的弥勒佛站在飘浮的云彩中，手持钓竿，正是他把八戒大剩钓上来的。

八戒大剩一看弥勒佛，忙摘下嘴上的橡皮膏，笑说："原来是弥勒佛老仙叫我。有什么事情？"

弥勒佛笑问："是你在下面浑嘴骂人？"

八戒大剩神气地说："是我骂的。我在骂那在荷叶上放小蝌蚪的坏蛋。莫非您老有什么好吃的要奖励我？"

弥勒佛说："我奖励你个屁！那小蝌蚪是我放的。"

八戒大剩大吃一惊："原来您老也干坏事？"它说着，不由得气愤起来，叫，"这我更要骂了。甭管你在天上是多大的官，有多大的本事。只要干了坏事，我八戒大剩照骂不误。"

弥勒佛笑道："好，好，没想到八戒大剩还挺正派。我看大概也是受了下面那小鬼头灰豆儿的影响。"

八戒大剩说："不错，是有那么一点儿。"

弥勒佛说："我放小蝌蚪在荷叶上，是为了找一个人！"

八戒大剩不明白地问："从荷叶的小蝌蚪上找人？"

弥勒佛指着闪闪烁烁的苍穹说："自从女娲补天以后，每隔九千九百九十九年，天就要漏一次。要找一位勇士补天，这个人必须要心地善良，由我传他大法。我看这小灰豆儿就是一个理想的人选。"

八戒大剩听了连忙点头，叫道："您说得对极了，找那小灰豆儿再合适不过，我这就带你去。快走，快走。"

弥勒佛笑道："天机不可泄露。"

八戒大剩说："我不说就是。"

弥勒佛说："你这嘴四处漏风，为了不误补天的大事，只好委屈你一下了。"说着，手一张，一个口袋飞出，一下子将八戒大剩罩在口袋里。

八戒大剩在口袋里哼哼唧唧："弥勒老头，你这么待我可不成。"

弥勒佛笑说："我知道你有个嘴馋的毛病，给你变些吃的，也满足一下你的口福。"弥勒佛的手又是一张，从掌中飞出烧鸡、烤鸭、香肠之类的东西，飞到口袋里。

八戒大剩在口袋里叫："光有吃的，没喝的哪儿成？你再变些可乐、桃汁、椰子汁之类的冷饮给我，还要加些水果……"它还在那里喋喋不休，哪里知道弥勒佛早腾云驾雾下了九重天。

弥勒佛望见灰豆儿还在湖边东张西望地找八戒大剩。他自言自语地笑道："补天是大事，我可别看走了眼。我再试探试探这小家伙，看他是否真的心地善良。"说着，摇身一变。弥勒佛变的这个东西十分特别，是一条闪着金光、镶满钻石的尾巴。它摇摇晃晃、飘飘摆摆地从空中落下来，一直落到灰豆儿旁边。

灰豆儿净顾着慌里慌张地寻找八戒大剩，对这个闪闪亮亮的钻石尾巴竟然没看见。

钻石尾巴等了半天，见没人理睬，终于耐不住了。它尖着嗓子厉声喝问："那小妖精，你可看见我了？"

灰豆儿听见有人叫他小妖精，吓了一跳。他发现是条闪光的尾巴在说话，这才放下心来。看着钻石尾巴说："八戒大剩，你怎么变成了这般模样？"他还以为是八戒大剩呢。

钻石尾巴厉声叫道："小灰豆儿，你看好了，我全身镶金嵌玉，哪里是你的八戒大剩？"

灰豆儿问："那你是谁？"

钻石尾巴说:"不瞒你说,我是尾巴王。专门掌管天下一切尾巴。"

灰豆儿听了立刻欢喜道:"那你一定能找回我的八戒大剩了?"

钻石尾巴说:"这自然容易,只是你没必要再找它了。从此以后,我就做你的尾巴。"

灰豆儿一听连连摆手:"不成,不成。我还要原来的。"

钻石尾巴说:"原来的破尾巴有什么好?你看我!"说着,卖弄个神通,说声"来",立刻像放烟花一样,嗖嗖嗖地喷出许多闪光的元宝、珍珠、钻石……

灰豆儿说:"哇!这么多金银财宝。"

钻石尾巴又卖弄个神通,叫声"变",它竟然变成了一辆坦克。

灰豆儿吃惊地说:"真棒。尾巴王,你真的什么都能做到?"

钻石尾巴说:"那是当然。你说出来,我要变不出来,我是小癞皮狗。"它心想,这回小妖精可动心了。看来他也是个喜新厌旧的家伙。

没想到,灰豆儿却跳着脚叫:"那你把我的八戒大剩变回来。我可要真的,不要假的。你要变不来真的,你就是小癞皮狗。"

钻石尾巴一听,心里连连叫苦:"兜了半天圈子,还是上了这小妖精的当。不过,这小灰豆儿的心肠果然不错,不抛弃朋友。"

钻石尾巴身子一晃,变成了弥勒佛的模样,笑眯眯地说:"你看我是谁?"

灰豆儿惊慌地说:"啊,原来是弥勒佛大仙。"他转身就要跑。

弥勒佛忙拦住他,说:"不要慌,我知道你是好妖精。我虽是正宗的佛祖,但我不搞唯成分论。只要你表现好,我就重用你。我这就把你的八戒大剩弄回来。"

弥勒佛随手向空中一招,装着八戒大剩的口袋飘飘悠悠地从云彩中落下来。

八戒大剩从口袋里钻出来,对灰豆儿说:"灰豆儿,碰见这弥勒佛,你的好事来了。"话没说完,一只烧鸡飞过来,把八戒大剩的嘴堵上。

八戒大剩哼哼唧唧:"弥勒佛,你甭再用好吃的堵我的嘴,我不说就是。"

弥勒佛笑吟吟地看着灰豆儿说："小妖精，你今天遇见我，实在是运气。因为我已经发过誓了，今天是好日子。我要把镇天大法，交给我遇到的头一个人。"

八戒大剩说："这弥勒佛真会编瞎话，说这是好日子。"说完这话，没等弥勒佛飞烧鸡堵嘴，早一个跟头扎到旁边的湖里。

弥勒佛对灰豆儿说："我教你一种神掌，叫'托天盖地掌'。"

灰豆儿问："这托天盖地掌有什么用？"

弥勒佛边讲边演示大法。他伸出一只手掌，喊："长长长。"那只手变得极大极大。

弥勒佛用巨手托天，朗声说："这手上可托天，下可盖地，翻手为云，覆手为雨。"他说着，把手掌一翻。天空立刻阴云密布，雷电交加。

八戒大剩从湖水中探出头来，叫："哇，好厉害，好厉害。灰豆儿，快学，快学。学好了，那些天兵天将再来捉你，你就用这巨掌，左一胡噜，盖死八万，右一胡噜，再盖死八万。"

没想到，灰豆儿却摇摇头说："我不想学这个。"

急得八戒大剩在湖里哇哇乱叫："傻，傻，傻灰豆儿。你要不学，可再没机会，要不是那弥勒佛为了补……"它的话没说完，又一只大烧鸡飞过来，慌得它又一头扎进湖里。

弥勒佛用手点着灰豆儿的鼻尖说："你这小妖还挺挑剔。不学这也罢。我再教你一招'蹬天踹地脚'，这比那个更厉害。"

弥勒佛伸出一只脚，叫："长长长长。"这只脚立刻长得无比巨大，弥勒佛成了一个顶天立地的巨人。他一脚踢出去。轰隆一响，一座大山被他踢入海中，掀起滔天大浪。

弥勒佛用脚又一踩地，大地晃动。地面竟被他踩出一个几百丈深的洞，地下石油从洞里刷地喷出，把一棵大树顶上了天。

八戒大剩从湖里探出头来叫："厉害，厉害。灰豆儿，快学，快学。趁着这弥勒佛后悔前，快学到手，会了这'蹬天踹地脚'，再厉害的神仙，你也能打得过他。"

弥勒佛笑道："小妖精，你要学，我马上教你。"

不料，灰豆儿连连摇头说："不学，不学。我不学这个。"

弥勒佛生气地板起脸来，说："你这个刁钻的小妖精。这个你也不学，那个你也不学。难道你想要把我的看家本事都学去不成？"

八戒大剩在旁边帮腔："不错，不错。就是想学你的看家本事。你想用什么破托天掌、什么破踹地脚来蒙事儿，门儿都没有。快，快把你的看家本事拿出来教灰豆儿。"

八戒大剩喊着，又大声夸赞灰豆儿："灰豆儿，没想到，你比我还狡猾。你还想学更好的，对极了，跟他要价儿。你要学什么，他都得教你，因为他要你去补天。"话没说完，一个特大号的烧鸡砸下来，把八戒大剩一下子砸到湖里。

灰豆儿对弥勒佛说："大仙请别生气。我不想学，是因为这些招法太厉害，我要是会了，别人必定会怕我。"

弥勒佛说："这话不错。"

灰豆儿又说："我不喜欢让人怕。再说，我一踢腿、一伸手，这么山摇地动的，要是伤了人怎么办？"

弥勒佛皱着眉头问："那你想学什么？"他看着灰豆儿，心里说："甭管他学什么，我总得教他一手，好让他去补天啊。"

这时，天空变成玫瑰紫色，一阵阵沉闷的响声从九重天传来。

弥勒佛焦急地自言自语："不好，天要漏了。"他问灰豆儿，"快说，你想学什么？"

灰豆儿："我想学一手特棒的本事，不叫别人怕，但别人也不敢欺负我。谁敢欺负我，谁就倒霉。"

弥勒佛一听，眉头都快皱成个疙瘩，哪有这样的本事啊！

八戒大剩也忍不住从湖里跳出来，狠狠地埋怨灰豆儿："放着那么厉害的打仗招法，你不学，偏偏想在受欺负的时候才有魔力，世界上哪儿有这样的事啊。除非，你有个神屁股，谁欺负你时，一打你屁股，你屁股把他反弹晕了。"

八戒大剩本来是着急地胡说八道，弥勒佛听了却喜笑颜开。反正，他是要灰豆儿帮他补天，无论用手、用脚或是用屁股，只要把天补好就行。

九重天上传来的隆隆声越来越响。时间越发紧迫，容不得再耽搁。

弥勒佛假装生气，收起笑脸，瞪着灰豆儿叫道："你这小妖精，弯弯绕似的跟我胡说八道，真是气死我也。大胆小妖，看脚。"说着飞起胖大的身躯，一脚向灰豆儿踢去。

灰豆儿大惊失色，转身就跑，正好把屁股留给弥勒佛。

弥勒佛一脚踢上去，把灰豆儿踢到空中。

弥勒佛朗声叫道："那小妖听好了，看我佛无边之大法力。"

弥勒佛说着，头上出现一轮光环，射出万道金光，将灰豆儿在上面旋得滴溜溜转。金光注入他的屁股中。

眨眼间，灰豆儿屁股如同被输入了原子能一般，变得红彤彤的，发着光泽。

正在这时，突然天空晃动，五色碎石燃着火焰从云中纷纷落下。在地上燃起大火。

八戒大剩跳着脚，惊慌地大叫："不好，天漏了也！"

弥勒佛却不慌不忙，从衣中取出一个小操纵器来，笑眯眯地道："天漏不怕，我佛可用现代科技遥控补天。"说着，连按遥控器按钮，嘴里叫，"起起起，飞飞飞。"

灰豆儿如同利箭，倏地一下飞向高空，穿过层层云霄，一直飞到九重天上。

弥勒佛和八戒大剩也跟着飞升上去。

九重天上，正热闹非凡：如同倒扣的大碗的苍穹中，漏了一个脸盆大的圆洞。炽热的、燃着火焰的石头正从洞里喷涌而出，四散爆裂……

弥勒佛按动操纵器叫："快将那漏洞堵住。"

灰豆儿不由自主地，嗖地飞过去。屁股一下子堵住了漏洞。

灰豆儿龇牙咧嘴地大叫："哇！烫死我啦，屁股好疼啊！"

弥勒佛笑道："小灰豆儿，疼你也得忍忍。待我炼好五色石子替你，你就立了天大的功劳。"

弥勒佛说着一甩袍袖，从袖里飞出一口大锅。

八戒大剩笑道："哇！连做饭的家伙都带着哪。这到哪儿也饿不着了。"

弥勒佛说："这呆子净说疯话，我这是在炼石补天。"

果然，锅下熊熊火起。锅中有许多细小五色石子。

灰豆儿还在那苍穹上龇牙咧嘴地叫："快些，我的屁股受不了啦。"

八戒大剩叫："我来扇扇风，叫这老弥勒佛炼得更快些。"说着，摇身一变，变成一把大芭蕉扇，用足力气，呼地一扇。

锅下火焰大旺，蹿出的火苗险些烧着弥勒佛。

锅中的大五色石子终于炼成，闪闪烁烁，从锅中飞出，飞向天穹的顶部。

灰豆儿正在穹顶大叫："我可坚持不住了。"看见大五色石子飞来，急忙躲开。

大五色石子嗖地飞上去，将天的漏洞堵住。

弥勒佛拍手大笑："天补好也。"

八戒大剩唱道："我也该回到灰豆儿的屁股上也。"

八戒大剩说着，落到灰豆儿的屁股上，它突然大叫一声："烫死我也。"惊慌失措地离开。

再一看，灰豆儿的屁股已红得透亮，放射出光芒。

小精灵灰豆儿

脏兮兮的小·丑孩儿

灰豆儿在青山翠谷中行走。八戒大剩在他的屁股上低头弯腰，还发出呼噜呼噜的鼾声。

灰豆儿说："八戒大剩，别睡懒觉了。你看这眼前的景色多美。"

八戒大剩说："再美的景色在我眼里也比不上一桶泔水。"

突然八戒大剩噌的一下，从灰豆儿的屁股蹿到了他的头上，直愣愣地竖着。

灰豆儿吓了一跳，忙趴在地上问："怎么了？可有敌情？"

八戒大剩说："没有敌情，有食情。"

灰豆儿迷惑地问："什么叫食情？"

八戒大剩笑嘻嘻道："你连这都不知道，真是白活了。这食情就是关于好吃的东西的情报。比如说，王母娘娘的蟠桃宴、玉皇大帝的酒肉席、天街自由市场上的各种小吃，这些情报我都知道得一清二楚。"八戒大剩说着，大叫，"好香，好香，这味道可真不寻常。"

灰豆儿也不由自主地吸溜着鼻子说："啊，我也闻到了。"

他们俩一齐使劲吸溜着鼻子，发出很响的声音。

只见，前面两座山之间，有一座山谷。一股股浓香，如烟似雾，正从山谷里飘出，向他们飘来。

灰豆儿和八戒大剩闻着香味，不由自主地爬云向前，沿着香味飘入谷中。

他们在谷中飘了一阵，突然眼睛豁然一亮。在他们面前出现了一个宛如仙境般的村庄。这村庄实在不一般。山、树、水、屋，竟然全是五颜六色的，就连天上的云彩也色彩斑斓。

灰豆儿兴奋地叫："好漂亮的村庄！"

八戒大剩兴奋地大叫："多好吃的村庄啊！"

灰豆儿说："八戒大剩，你看错了，那不是吃的。"

八戒大剩笑道："你才看错了呢。你没看出，这儿的一切，全是最美的食物做成的？"说着呼地飞向前去。

灰豆儿急忙追上去，嘴里嘟嘟囔囔："怎么我的尾巴老在前，人在后，真是本末倒置了。"

正如八戒大剩所说，这个村庄还真是由食物做成的。一座座美丽的小房子是用奶油蛋糕和果仁巧克力做成的；小河流的是橘子汁；五颜六色的花草是用水果拼成的花瓣：有西瓜花瓣、葡萄花瓣、苹果花瓣……再看树上，结的不是果子，而是冰棍树、糖果树、糖葫芦树、香肠树。天上飘着的云彩，则是一块块棉花糖……

灰豆儿乐着说："真是太棒了，果然全是吃的。八戒大剩，你的嗅觉真灵。"

八戒大剩得意地说："对吃的东西，我的判断一向是绝对正确，并且能透过现象看本质的。"

他们头顶上有清脆的鸟叫，是一只漂亮的五色鸟。灰豆儿敢说，他还从来没有看见过这么漂亮的鸟。

然而，八戒大剩却利箭一般地飞上去，一下子将五色鸟咬住。

灰豆儿惊叫："你怎么捕捉珍稀鸟类？"

八戒大剩却揪下鸟的一只翅膀津津有味地吃起来。

灰豆儿大叫："伤害珍稀鸟类是犯法的。"

八戒大剩笑着把鸟拿给他看，说："你看，这鸟是用果冻做成的。香得很。"

灰豆儿怀疑地问："那为什么它还会飞会叫呢？"

八戒大剩从鸟肚子里取出一个小机器说："它肚子里有电动机。"说着，把电动机也咬了一口。

灰豆儿看着，说："我明白了。这电动机也是用食物做的。"

八戒大剩夸奖说："你真聪明，真是一点就灵。"

灰豆儿听到一座巧克力房子后面有声音，他跑过去一看，一头黄色的胖牛，正在不慌不忙地吃草。灰豆儿闻到了一股香甜的奶酪味。他想，这牛一定是奶酪做的。灰豆儿是很爱吃奶酪的，他开心地过去，想咬一大口奶酪。

灰豆儿刚一动，黄牛突然愤怒地大叫一声，吓了灰豆儿一大跳。

黄牛吼叫着，瞪圆了大眼睛向灰豆儿冲来。灰豆儿这才明白，这黄牛是真的。他顾不得多想，拔腿就跑。

八戒大剩在他头顶上飘着，哈哈大笑。

灰豆儿对八戒大剩说："没想到，你那本事还真难学。"

八戒大剩笑着说："那是，要活到老、学到老才行呢。"

灰豆儿被黄牛追到村中广场上。他发现这里有好多人。

广场中间的草地上，摆放着许多桌子，桌上铺着白布，上面放满了各种美味佳肴。一些人穿着干净漂亮的服装，在文质彬彬地品尝食品。

灰豆儿悄悄地对八戒大剩说："你闻闻，这些人是食物做的，还是真人？"

八戒大剩发出吸溜鼻子的声音："个个百分之百都是真人，一个也不能吃。不过东西倒可以随便吃。"

灰豆儿看见一块大牌子上写着：欢迎外来的客人品尝。

他放心了，走到桌边，刚要拿起一大块巧克力，突然听到周围一片喊"讨厌"的声音，他急忙把手缩回来，这才发现人们不是冲他喊的，而是向着一个脏兮兮的小丑孩儿喊的。

这个脏兮兮的小丑孩儿是从外面跑到广场来的。他的脸上和乱蓬蓬的头发上全是泥，衣服破破烂烂，浑身是土。他一边走着，一边伸出脏兮兮的小手，在白布桌上抹着，留下一行行泥手印。

"真脏。"一个女人皱着眉头说。

"脏吗？脏吗？"小丑孩儿咧着嘴，笑着拿起一块大蛋糕咬了一口，向后一扔。蛋糕从女人的头顶经过，吓得女人一低头。

小丑孩儿继续大大咧咧地向前走，一边走，一边摇摇晃晃。他左手抓起一只梨子，咬一口丢掉，右手拿起一块点心，往空中一抛。

一群穿漂亮衣服的女孩说："这个小孩真不懂礼貌。"

小丑孩儿嬉皮笑脸地说："礼貌多少钱一斤？"他抓起一把炸花生米向女孩撒过去。

女孩们哇哇叫着，慌忙躲闪。小丑孩儿开心地大笑。

一个老头拦住小丑孩儿说："孩子，你可以随便吃，随便拿，但不要捣乱，你这么乱来，大家都不喜欢你了。"

小丑孩儿嬉皮笑脸地说："我才不要大家喜欢呢。"

老头说："孩子，你身上很脏，我来帮你洗洗吧。"

小丑孩儿突然生气地大吼："呸呸呸，你先洗洗自己吧。"他的嘴里猛地喷出一股灰尘，一下子把老头的脸和衣服全喷脏了。

灰豆儿说："这个小孩儿真不讲理。"

八戒大剩说："我们来帮助他。"

他们俩从两个方向向小丑孩儿包围过去。

灰豆儿一点儿一点儿向小丑孩儿逼近。八戒大剩却边走边拿出个大口袋，顺手把桌上的东西往口袋里放。

小丑孩儿嘻嘻地笑着，往后躲着，眼看就要被灰豆儿抓住了，他突然跳上了桌子。

噗噗！小丑孩儿向灰豆儿喷了两口灰尘。灰豆儿面前顿时烟雾弥漫。

灰豆儿叫："迷了我眼了。"但他还是冲了上去。

八戒大剩悄悄地赶到了小丑孩儿的后面。但机灵的小丑孩儿好像早有准备，回头又是噗噗两口，喷得八戒大剩慌忙躲到一边。

小丑孩儿在桌上跑着，他嘴里开心地叫着，把桌上的东西碰得乱七八糟。

小丑孩儿跑出了广场，跑进了树林。

灰豆儿和八戒大剩紧紧跟在小丑孩儿后面，两人同时围住小丑孩儿说："抓住了！"

噗噗噗噗……小丑孩儿突然像开机关枪一样，嘴里喷出一串串烟雾，又厉害又猛烈，竟然把灰豆儿和八戒大剩喷了个大跟头。

"好厉害啊。"灰豆儿嘟哝着，他的两眼都被喷成了熊猫。

八戒大剩似乎被惹恼了，大叫道："叫你看看我八戒大剩的本事。"说着，它在空中嗖嗖转圈，连叫，"变变变变。"它变成了一个盖着盖子的大木桶。

小丑孩儿看着，嘲笑地问："你这个傻瓜变的是什么？"

灰豆儿也奇怪地问："你变的是什么？"

大木桶发出声音："大粪桶也。"木桶的盖子突然掀开。

灰豆儿和小丑孩儿几乎同时叫："好臭的粪桶。"他们同时被熏晕了。

木桶变回了八戒大剩的模样，捆住小丑孩儿。

这时灰豆儿也清醒过来，问："八戒大剩，你从哪儿学来的这种本事？"

八戒大剩连连摇头说："别问，别问。不到万不得已时，也是绝不用这招儿的。"

灰豆儿看着小丑孩儿说："这个小孩儿太脏，大概几年没洗澡了，我们先给他洗个澡。"

小丑孩儿一听立刻大叫："不洗，不洗，不洗。"

灰豆儿说："洗了澡，你可以变得很干净。"

小丑孩儿愤怒地大叫："呸呸呸，呸你！"他的嘴又张得圆圆的，又要喷灰尘。

啪的一声，八戒大剩已将一块橡皮膏贴在小丑孩儿的嘴上，将他嘴巴糊得严严实实。八戒大剩笑道："早就料到你会来这一手了。"

树林里，恰有一个小水潭，里面的水很浅。灰豆儿和八戒大剩抬着小丑孩儿往水潭里放。小丑孩儿拼命挣扎，灰豆儿只好紧紧抱住他，慢慢向水里放去。

小丑孩儿的一条腿刚放进水中，灰豆儿觉得有些不对劲，他看见小丑孩儿先是满脸恐惧，接着眼里流下了两滴灰色透明的眼泪。小丑孩儿哭了。

"他为什么哭呢?"灰豆儿迷惑地低头一看，大吃一惊。

小丑孩儿的两条腿已经被水泡软了，形状变得模模糊糊。

八戒大剩也发现了这一点，它拿掉小丑孩儿嘴上的胶布。

小丑孩儿带着哭腔，颤抖地喊："我是个小泥人。"

灰豆儿急忙把小丑孩儿抱起来，可是已经晚了，小丑孩儿的两只脚在水里化掉了。

灰豆儿把小丑孩儿放在草地上，跑到小水潭边上，拼命用双手在水里捞。可是，他只捧出一汪汪清水。

小丑孩儿坐在草地上，伤心地哭着。他的两只脚没了，满脸是泥，全身显得更脏更破。

八戒大剩生气地问："你为什么不事先告诉我们，你是个小泥人呢?"

小丑孩儿不说话，只是哼哼唧唧地哭。

灰豆儿同情地说："他可能和我一样，我就不愿意告诉别人，我是个小妖精。"

这时，小丑孩儿不声不响地向树林外爬去，他爬得很费力，一点儿一点儿在地上蹭。

灰豆儿看着，心里一酸，跑上去说："等一等。"

"你还要干什么?"小丑孩儿惊慌失措地问。

灰豆儿说："我来背你。"

八戒大剩吃惊地大叫："啊? 你背他?"

灰豆儿点点头。

八戒大剩问："他的脚老是没有，你就老是背他?"

灰豆儿说："我不知道。"说着，他走过去，不声不响地扶起小丑孩儿，把他背到背上。

八戒大剩不好意思地嘟哝：“等你累了，我也帮你背。”

灰豆儿背着小丑孩儿在草地上走。大约走的时间长了，他的脸上流着汗珠。

八戒大剩说：“我来背吧。”

灰豆儿说：“我不累。”

八戒大剩说：“算了吧，谁让我是你的朋友呢？”它把身体胀得鼓鼓的，背着小丑孩儿往前飘，嘴里还嘟嘟囔囔，“唉，俗话说，久病床前无孝子。不知道我能否坚持背下去。”

灰豆儿笑说：“你用词用错了。儿子背爸爸，才这么打比方呢。”

八戒大剩皱着眉头说：“我要老是这么背他，不是跟他儿子一样吗？”

灰豆儿忽然在前面欢喜地叫：“这有一个坛子。”

前面的草地上，有一只漂亮的坛子，刻着花纹，旁边还带着背带。

八戒大剩说：“把小丑孩儿放进坛子里，我们来背他。这样，他舒服，我们也舒服。”说着把小丑孩儿放进坛子里。

灰豆儿问小丑孩儿：“这么放，你难受吗？”

小丑孩儿摇摇头说：“不，我不难受。我愿意待在坛子里，我不希望别人看见我没有双脚。”

灰豆儿说：“走了这么长时间，我有些饿了。”

小丑孩儿：“我也饿得很呢。”

灰豆儿说：“先前，咱们看见那么多好吃的东西，要是带一点儿就好了。”

他正咽着吐沫，听着自己的肚子咕咕叫，突然听见八戒大剩慢吞吞地说：“幸亏我有先见之明，顺手稍带了一点儿。”

灰豆儿眼睛一亮：“那一点儿在哪儿？”

八戒大剩拿出口袋，从口袋里挤出一根香肠，说：“就一根香肠。”

灰豆儿指着口袋下面笑说：“上面就一根香肠，下面东西可多着呢。”

八戒大剩低头一看，原来口袋都被撑破了，里面的食物都漏了出来，什么香肠、烧鸡、面包、糖果，各种各样的好吃的，应有尽有。

在坛子里的小丑孩儿也欢喜地叫："哇，这么多好吃的！"

灰豆儿高兴地对小丑孩儿说："啊，你也笑了，太好了！"

八戒大剩也高兴地指着小丑孩儿说："闹了半天，你也和我一样，见了好吃的就什么都忘了。"

小丑孩儿问："我可以吃一些吗？我的肚子实在是饿了。"

八戒大剩大方地说："可以。"

小丑孩儿犹豫地问："吃多少都行吗？"

八戒大剩使劲睁大眼睛看着小丑孩儿说："等一等。"它说着，变成一条柔软的皮尺，飞到坛子里。待了一会儿，又飞出来。

灰豆儿奇怪地问："你在干什么？"

八戒大剩小声笑着说："我在量这小人的胃有多大。不大，不大，才一丁点儿胃，装不了多少东西。"

八戒大剩笑眯眯地对小丑孩儿说："你尽可以敞开肚皮往饱了吃。"

"真的？"小丑孩儿惊喜地问。

八戒大剩大大咧咧地说："要是骗你，我马上得猪瘟。"

小丑孩儿兴高采烈地叫："那就谢谢您了。"

小丑孩儿说着，把嘴巴张得大大的，用力一吸，嗖嗖嗖……一串串香肠、烧鸡、汉堡包，各种各样的好吃的，连成一线，全都飞进他的嘴里。

灰豆儿和八戒大剩在一旁，张大了嘴，看得目瞪口呆。

灰豆儿看着慢慢瘪下去的口袋，吃惊地叫："哇！真能吃啊，都快吃完了。"

八戒大剩这才恍然大悟，赶快扑向口袋，可惜晚了一点儿。口袋里的最后一点儿食物也被小丑孩儿吸了过去。

灰豆儿望着小丑孩儿说："没想到，你的胃那么大。"

八戒大剩也哭丧着脸说："该死。他的胃比肚皮还大。"

小丑孩儿这才发现，他已经把东西全吃光了。他抱歉地说："真对不起，我把东西吃光了。"

八戒大剩望着小丑孩儿说："像你这样的小自私鬼，最好谁都不要管你。"

八戒大剩又对灰豆儿说:"你等在这里,我再去找些吃的东西。"说着,一下子腾到空中不见了。

小丑孩儿害怕地说:"你们可不要丢下我。"

灰豆儿安慰他说:"你放心,不会的。八戒大剩虽然说话厉害,但心肠还是蛮好的。"

这时,天空阴云密布,响起了雷声。

小丑孩儿仰脸望着,心惊胆战地说:"不好,要下雨了。我们小泥人最怕水了,我没有脚,跑不了啦。"

灰豆儿说:"我背着你找避雨的地方。"

小丑孩儿说:"山那边有个石洞,我每次都在里面避雨,可是离这里太远了。"

灰豆儿说:"我可以跑着去。"

灰豆儿背起小坛子,急匆匆地跑。

豆大的雨点儿噼里啪啦地掉下来了,掉在灰豆儿的脸上、身上,掉在他背上的坛子上。

小丑孩儿呻吟着,把整个身体缩进坛子里,可是还有雨点儿掉进去,吓得他哇哇大叫。

灰豆儿把坛子放下,脱掉自己的上衣盖在坛子上。背上坛子继续跑。

雨更大了,由点变成了线。落到灰豆儿身上,他满脸满头全是水。他关切地大声问:"小泥孩,你怎么样?"

后面没有回答,只听到轻轻的呻吟声。

灰豆儿回头一看,盖在坛子上的衣服全被浇湿了。水滴正渗到坛子里。

灰豆儿不再犹豫,他把小坛子放到地上。趴在坛子上,用自己的身体盖住坛口。

天空变得更加黑暗,电闪雷鸣,大雨瓢泼似的下来,浇在灰豆儿的身上,他完全成了落汤鸡。雨加上风,冻得灰豆儿牙齿打战,浑身哆嗦。

小丑孩儿在坛子里哼哼唧唧地说:"你走吧,不要管我了。"

灰豆儿哆嗦着说："我绝不会丢下你的。"他把坛口盖得更严。

雨终于渐渐地变小了。灰豆儿松了口气说："这回好了。"

这时，隐隐约约，仿佛有松涛的吼声从远处传来。灰豆儿自言自语道："这是什么声音？"

小丑孩儿侧耳听着，突然惊慌失措地说："你快跑吧，快向山顶上跑。山洪来了。"

灰豆儿这才发现，他们正停留在山的洼处，地势很低。大雨后形成的山洪，正从四面八方向他们冲来。

"快跑。"灰豆儿抱起坛子就往山坡上跑。

"我不用你管，你把我放下。"小丑孩儿在坛子里大喊。

灰豆儿不理他，只管抱住坛子。

"你甭管我。你滚，快滚。"小丑孩儿突然哭着大叫大跳。

但灰豆儿把坛子抱得更紧。

洪水冲过来了，没到灰豆儿的腰部，灰豆儿把坛子放到头顶。

洪水没到了灰豆儿的脖子、嘴巴，灰豆儿用双手把坛子举过了头顶。

灰豆儿听到了小丑孩儿从坛子里发出低低的哭泣声。

洪水没过了灰豆儿的头顶。灰豆儿露出水面的两只手仍然牢牢地举着坛子。

水下，灰豆儿紧闭着嘴。他脑子里想："我可以变成一条鱼，鱼不怕水。可是我要是变成鱼，这小坛子就会沉到水底，那小泥人就完了。所以，我不能变，无论如何也不能变……糟糕，我要憋不住气了。"

在水里的灰豆儿再也坚持不住，张开了嘴。"咕噜噜，咕噜噜……"一串串气泡从他嘴里吐出，升向水面。他露出水面的双手，仍然举着坛子……

洪水渐渐退去，灰豆儿在水里，肚皮已变得鼓鼓的，他紧闭着眼睛，手中的坛子还在举着。

灰豆儿躺在草地上。他肚皮鼓鼓的，一动不动；小丑孩儿坐在他旁边，眼泪汪汪。

小丑孩儿哭泣着说："灰豆儿，你为了救我，自己却被水淹了。我一定要救活你。"

小丑孩儿爬到灰豆儿身上，轻轻按他的肚皮。

"噗!"一股水流从灰豆儿的嘴巴里喷出，喷在小丑孩儿的身上。小丑孩儿一点儿也没注意到，他只看见灰豆儿轻轻地动了一下。

"啊! 他还活着。"小丑孩儿满脸惊喜地叫。他兴奋地继续用双手按灰豆儿的肚皮，帮他挤水。

"噗，噗，噗，噗……"一股股水流从灰豆儿的肚皮里被挤压出来，喷到小丑孩儿的身上、手上、脸上……他的脸湿淋淋的，他的全身湿透了，但他一点儿也不觉得，还在兴高采烈地按着，而且越来越快，嘴里响亮地数着："一、二、三、四……"他的身体在一点儿一点儿变软，像冰一样慢慢融化……

灰豆儿醒来了，他发现太阳明亮亮的，自己躺在绿草地上。他想起了小丑孩儿，他急忙爬起来，叫："小泥孩，你在哪儿?"

没有人回答，小坛子就在旁边。猛然，灰豆儿在坛子旁边看见了一堆泥。灰豆儿明白了，流出了伤心的泪水。

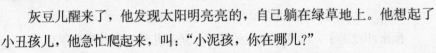

八戒大剩回来了，从云端上落下来。它扛着一段桃枝，上面结了许多粉红色的大桃。离得老远，八戒大剩就高兴地叫："灰豆儿，你看我带来了什么?"

八戒大剩看见了灰豆儿脸上的泪水，吃惊地问："灰豆儿，你哭了?"

灰豆儿流着眼泪说："那小泥孩，为了救我，他被水浇湿，变成泥了。"

八戒大剩看着那堆泥说："这小泥孩也够倒霉的。"它一不小心，被桃枝上的小刺扎了。一滴血冒出来，滴向草地。

草地上有一个极小的水洼，一条小蝌蚪正仰着大嘴巴。落下的血点儿正好滴到小蝌蚪的嘴巴里。叮咚一声，小蝌蚪变成了一只小绿青蛙。

灰豆儿看着，奇怪地问："怎么小蝌蚪喝了你掉下的血滴，立刻变成小青蛙了?"

八戒大剩说："这有什么奇怪的? 想当年我跟着猪八戒，不知吃了多少人参果，我的血液自然能救死扶伤。不瞒你说，我的一滴血能救活一百只鸽子。"

灰豆儿高兴地跳起来："那用你的一滴血，也一定能救活这小泥孩了？"

八戒大剩一听慌忙说："真该死，说走嘴了，又叫这小妖精抓住了把柄。"

灰豆儿拉着八戒大剩说："快滴，快滴。不然我可要挠你的痒痒肉了。"说着，他用手轻搔八戒大剩。

八戒大剩发出哧哧笑的声音，乱动着说："别搔，别搔，我这就给他。唉，一条尾巴本来就没多少肉，一天还得输两次血。"

八戒大剩真的用桃枝上的小刺又刺了自己一下。两滴血滴在那堆泥上，软乎乎的泥巴慢慢动了起来。

灰豆儿忙叫："快捏，快把他捏成人形。"

八戒大剩说："咱俩又成了捏面人的了。"

两个又是一通忙乱，七手八脚。灰豆儿还真是灵巧，捏出了漂亮的脸来。八戒大剩叫："我来点眼睛。"它的细尾巴尖点眼睛，果然很棒……

终于，一个新的小丑孩儿被捏成了。脸虽然还是原来的模样，可是干净多了，身上的衣服也变成新的了，浑身焕发出光彩来。

小丑孩儿满面惊喜地望着自己叫："啊，我变得这么漂亮啦！"

小丑孩儿感激地望着灰豆儿和八戒大剩说："谢谢你们救了我，我以后一定做一个有礼貌的好孩子。"

灰豆儿挤挤眼儿说："其实，好孩子也可以淘气。"

小精灵灰豆儿

香香小店

蓝蓝的天上飘着一缕缕白云。

灰豆儿正在地面上不慌不忙地走,八戒大剩突然从他屁股上竖起来,并且还使劲往上伸,一下子拉得灰豆儿两脚朝天。

灰豆儿忙叫:"干什么?你又想出什么歪点子?"

八戒大剩笑嘻嘻地说:"我这叫登高望远。"

灰豆儿问:"你在看什么?"

八戒大剩从灰豆儿身上飞起来,落在他肩头上说:"我在看那朵小云彩,真是有点儿怪。"

灰豆儿忙抬头望去,只见一朵小云彩确实与众不同。别的云彩都雪白得像棉花,唯有这朵小云彩,却是白中带着一点儿鲜红,侧耳细听,那小云彩还发出噔噔噔的声响。

八戒大剩说:"我们去看看。"说着,轻悠悠地飘上去。

灰豆儿也忙手脚并用地跟着向上爬云,嘴里喊着:"等等我,哪儿有尾巴在前,人反在后面,真是乾坤颠倒了。"

等灰豆儿气喘吁吁地爬到那朵云彩跟前,八戒大剩早已在上面了。

这朵小云彩果然不寻常。云彩上插着一面三角形的红旗,还镶着金边。红旗上还贴着金字,上面写的是:菜香不怕巷子深。下面还有一行小字:

香香小店。

八戒大剩正在旗子旁边使劲吸溜着鼻子，连声说："好香，好香。"

灰豆儿笑说："连旗子都这样香，想必这香香小店的饭菜一定会很好吃了。"

他刚说完，红旗旁边的云雾突然散开一点儿，露出一个古色古香的小乐器架，架上挂着一面黄亮亮的小铜锣。

八戒大剩说："刚才一定是这铜锣响了。可是，是谁在敲呢？打锣的槌儿又在哪儿呢？"

灰豆儿指着前面吃惊地叫："瞧，打锣的槌儿来了。"

只见，一串亮亮的小球从远远的云端飞来，噔噔噔噔地撞在小铜锣上，发出清脆的声响。小球破碎着散开，竟在小铜锣上拼成了一盘菜的图画。

他们再看远处，一朵朵小白云正从云端里飘出，每朵小云彩上都插着一面小红旗，上面都写着：香香小店。

灰豆儿看了忍不住说："这家香香小店真会做广告。"

八戒大剩跳到灰豆儿头上叫："快去，快去。去晚了就吃不上了。"

灰豆儿忙说："下来，你得跟在我后面。哪儿有尾巴长在头上的，太不像样。"

八戒大剩哼哼唧唧："没想到，你也这么臭美。"说着落到灰豆儿的屁股上。

灰豆儿向前爬云，他爬的本领实在不高，动作很慢。

眼前，一朵朵带红旗的小白云从身旁飘过，八戒大剩更加着急，乱动着抽灰豆儿的屁股说："快，快。"

灰豆儿手脚乱动，样子滑稽可笑。越是着急，走得越慢。

八戒大剩说："看样子，我还得来点儿神通。"说着它变成了一台小电扇，呼呼呼猛转，催得灰豆儿飞速向前。

灰豆儿笑道："你的法术，用在吃上，总是特灵。"

八戒大剩说："这是那猪八戒传给我的。"

他们飞快地在云彩中穿行。不知走了多久，总算看见前面一大片云中，有一座古色古香的小店，店前的旗杆上挂着一面酒旗。上面清清楚楚地写着四个字：香香小店。

"好香，好香。"八戒大剩连连叫。

果然离得好远，便有一股香味袅袅飘来，香得灰豆儿不由得闭着眼睛连连吸溜着鼻子。

香香小店在缭绕的云中，构造甚是小巧，飞檐斗拱，前面还有回廊。

八戒大剩恢复了原来的模样，抢先飘进香香小店，一迭声高叫："店家，可有什么好吃的东西，快快拿来。"

灰豆儿也跟着进来，东张西望。

店里没有一个人，一张张八仙桌上却放着各色小点心。那小点心做得实在小巧漂亮，香味正是从这里散出来的。

八戒大剩看得直流口水，忍不住飘到桌边，钩起一盘小圆点心。

灰豆儿忙拦住它说："慢着，慢着，还没见到这店主人怎么就随便吃？"

八戒大剩笑道："这回你可错了。你看见没有，这桌子上写着字呢!"

灰豆儿睁大眼睛细看，桌上果然平放着一块木牌，上面清清楚楚地写着：请品尝。

灰豆儿自言自语："这么说，可以白吃了?!"

八戒大剩说："自然是白吃。"

灰豆儿皱着眉头说："可万一要是有毒呢？"

八戒大剩说："这倒也是，咱们可别上当。待我用'挑吃镜'来看一看，有没有毒。"八戒大剩说着，拿出一个放大镜照一枚小点心。

八戒大剩说："这个没毒。"灰豆儿等它用放大镜照下一盘点心时，早把第一盘倒进嘴里。

就这样，八戒大剩一边照，灰豆儿一边吃。一连吃了三盘，八戒大剩才发现，大叫："啊? 你都吃了?!"它顾不得检查是否有毒，把放大镜丢到一边，抓起点心猛吃，一边吃一边叫，"变，变出三张嘴来。"

然而，它念错了咒语，不仅没变出三张嘴来，原来那一张嘴也变没了。急得八戒大剩乱摇乱晃，呜呜噜噜发出含糊不清的声音："糟糕，忙中出错，念错了咒语。"

正在这时，突然叮咚一声，从小店的里屋飞出一个亮亮的小球，打在八戒大剩身上，又把它的嘴打出来了。

八戒大剩喜滋滋地叫："哇！这个小店可真不错，不光给吃的，还给嘴。再给我打出两张嘴来，我好多吃些。这东西太好吃了。"

"真的？"小店里屋有两个声音同时惊喜地说。接着走出一男一女两个人来。

八戒大剩看着说："这不是雷公、电母吗？你们怎么跑到这里开店来了？"

雷公笑嘻嘻地说："这是第二职业。"

电母问："我们小店的东西真的好吃？"

灰豆儿说："绝对好吃。你看，我都快吃光了。"

八戒大剩一看，果然，桌上的盘子里都是空空的了。它哭丧着脸叫："啊？都叫你吃光了？"

雷公、电母一齐笑说："别急，别急。小店好吃的东西还有的是。"

说着，两个人风驰电掣地跑进里屋，又走马灯似的端出各种各样的美味佳肴：什么八冷、八热、四荤、四素……

灰豆儿和八戒大剩忙不迭地大吃猛吃，连声说："真好吃，真好吃。"两个直吃得滚瓜肚圆，才停住嘴。

灰豆儿摸着鼓鼓的肚皮问："你们这香香小店开店有多长时间了？"

雷公说："少说也有十几年了。"

灰豆儿问："来吃饭的人一定不少吧？"

电母叹了口气说："不瞒二位，这十多年中，也就来了两三位。"

雷公说："其实我们的广告也做得很到家。不光是从云童那里借来许多云，插着小红旗散出去，而且还用雷槌千里打锣，还是没人来吃。"

灰豆儿奇怪地问："这是为什么？"

雷公皱着眉头说："我们也很奇怪呢。这东西明明很好吃。"

八戒大剩说："是好吃，谁不吃谁是傻瓜。"

灰豆儿的肚皮里突然咕咕咕地响了起来。他自言自语着说："大概是吃多了，消化不良。"他的话刚说完，嘴里就像是有一百个"跳跳糖"在爆炸。"啪啪啪……"爆出五颜六色的火花。

灰豆儿吃惊地问："这是怎么回事？"他的话还没说完，接着他的两只耳朵里也啪啪啪发出爆炸声，放出五颜六色的火花。

再接着，灰豆儿的眼睛里也冒出金星。进而，他的全身都像有许多"跳跳糖"在跳。弄得灰豆儿也像一个跳动的大烟花，蹦上蹦下，不停地发出爆炸声。

灰豆儿难受地乱蹦乱爆地问雷公："你，你捣的什么鬼？"

雷公说："一点儿没捣鬼，我只是在点心里加了我爱吃的雷粉。"

这时八戒大剩全身像电灯一样地亮了起来。它吃惊地看着自己："我怎么成了灯泡？"

电母笑眯眯地说："我在食物里加了我爱吃的电晶。"

八戒大剩更亮了，并且开始放电，闪电从它的尾巴尖上放出，一个闪电一个雷，反弹得八戒大剩直翻跟头。

电母安慰说："不要紧张，这是尖端放电。电放出来就好了。"

终于，灰豆儿和八戒大剩筋疲力尽地跌坐在地上。

八戒大剩恨恨地嘟哝："你们在食物里放了什么乱七八糟的东西？看来是不能吃。"说着，它从口袋里倒出许多点心，原来它刚才一边吃一边拿，还偷偷装了一口袋。

雷公说："我们加了许多好吃的雷粉和电晶。"

电母说："那是我们最爱吃的东西。吃了可以让雷打得更响，闪放得更亮。"

两人说着，捡起八戒大剩倒在桌上的点心，各吃了一个。

在小店外的云彩上，雷公意气风发地击出了一个响雷。

电母也放了一个很大的闪电。

灰豆儿叫："我明白了。你们因为打雷放电，所以喜欢吃雷粉电晶。可是大家不能都跟你们一样，都打雷放电。"

八戒大剩也说："你们只要不在香香小店的食物里放雷粉和电晶，大家准爱吃。"

雷公、电母将信将疑地问："真爱吃?"

灰豆儿说："我们俩去为你们宣传，大家准都来你们香香小店。"

在另一块云彩中，灰豆儿和八戒大剩在劝赤脚大仙。

八戒大剩说："赤脚大仙，那香香小店的东西已经不加雷粉电晶了。"

灰豆儿一边吃一块小点心，一边说："好吃极了，不信您尝尝。"

灰豆儿和八戒大剩领着赤脚大仙向香香小店的方向走。

雷公和电母站在香香小店门口，看见三人走来。

灰豆儿嘱咐八戒大剩说："你去告诉他们，不光东西要好吃，服务态度也要好，顾客才会满意呢。"

八戒大剩抢先飞到小店门口说："看，我们好不容易为你们领来了顾客。"

雷公、电母连声说："谢谢，谢谢。"

八戒大剩说："这是你们小店改进后的第一个顾客，你们一定要热情招待，服务态度一定要好。"

雷公、电母说："当然，当然。"

雷公问电母："什么才是最热情的?"

电母说："当然是最响的雷，最亮的闪。"

"轰隆隆!"一个大雷、一个亮闪直打过去，打得赤脚大仙狼狈不堪地直蹦高。

灰豆儿在旁边连连跺脚，说："坏了，坏了，他们最喜欢打雷放电，以为顾客也最欢迎呢。"

小精灵灰豆儿

鼻头房子

灰豆儿隐约看见前面的草地上，有个粉色的小东西，一晃便不见了。那东西只有乒乓球大小，但绝不是乒乓球。而是肉乎乎的，有点儿像个鼻头。

灰豆儿忙对身后说："前面好像有个鼻子在跳。"

八戒大剩正竖起来摘草丛里的鲜草莓。这儿的草莓很多，又红又大。它一边把一个大红草莓往嘴里塞着，一边哼哼唧唧地说："哪里有什么鼻头，一定是你看花了眼了。那只是个草莓而已。"

灰豆儿说："可那东西是粉的。"

八戒大剩说："那就是个没熟的草莓。"

灰豆儿想："也许我真的是看花了眼了。"八戒大剩在后面嚼草莓的唧唧声引得他嗓子眼也直冒唾沫。他也想去摘几个草莓吃了。

就在这时，那个粉红的小东西又在他眼前一晃。灰豆儿敢肯定，他绝不是眼花，他真的看见了一个鼻头。一个圆鼓鼓的鼻头，就在他眼前那么一闪，又不见了。

灰豆儿急忙告诉八戒大剩："不是草莓，真的是鼻头。"

八戒大剩跳起来东张西望："在哪儿？"

"在，在……"灰豆儿说着，忽然哆嗦了一下，他感觉他的脚踩着了一个软乎乎的东西，好像是鼻头。

没错，是鼻头，因为他脚下已经发出了吱吱的声音。

灰豆儿慌乱地叫："糟糕，我踩着它了。"

"在哪儿?"八戒大剩蹦到了灰豆儿脚边。

灰豆儿慢慢地抬起脚来，他脚下真的有个鼻头。不过已经被踩扁了，踩破了。

灰豆儿小心地拿起那个破鼻头细看。他惊奇地说："这不是鼻头，是个小房子。"

八戒大剩也说："不错，是个鼻头形状的小房子。"

灰豆儿说："这鼻头小房子还有窗户和门。"

八戒大剩说："好像里面还有人。"

真的，灰豆儿也听到了，从小房子里传出尖细的哭泣声，小得就像蚊子叫。

"呜呜呜……"从快压瘪的小房子里，费力地爬出一个紫色的小人来，满面泪水地哭泣着。

这小人才有半根火柴棍高，鼻子却特大，占了脸的一半。他望着灰豆儿，大哭着说："你把我的房子踩坏了。你赔，你赔。"

灰豆儿忙说："我这就帮你修好。"他想用手指把压瘪的小房子弄好。也许是他使的劲太大，也许这房子刚才被踩得太厉害，反正，灰豆儿的手指刚一碰，小房子立刻哗的一声散了架了。

"啊，我的房子没了。"大鼻子小人泪飞如雨，跳着脚大哭。

灰豆儿慌了。他手捧散了架的小房子，望着狂哭的大鼻了小人，一时不知怎么办才好。

大鼻子小人突然倒在地上急速地喘息起来，嘴里呻吟着："救命。"

灰豆儿急忙问："你怎么了?"

大鼻子小人喘息着说："我只有在鼻头房子里才能生活。离开了它，我就要被憋死。"

八戒大剩说："可是，现在你的房子破了，而且我看这房子也不是用一

069

般的材料做成的，也不是一下子能修好的。"

大鼻子小人伤心地大哭："啊，那我可就没命了。"他喘得更厉害了，"除非让我先躲藏在别人的鼻子里。"

灰豆儿忙摸着自己的鼻头说："躲在我的鼻子里行吗？"

大鼻子小人呻吟着说："只要是鼻子就行。"

于是，灰豆儿把鼻孔张得大大的。大鼻子小人来到了灰豆儿的鼻孔前，向里望着，他动作十分敏捷，突然嗖的一下钻了进去。

灰豆儿吃惊地叫："咦？他怎么钻得这么快？"

"哈哈！你上当啦。"他鼻孔里立刻传出了大鼻子小人尖尖的声音。

八戒大剩告诉灰豆儿："他说你上当了。"

灰豆儿慌忙问："那你喘不过气来，是假装的？"

"嘻嘻！"大鼻子小人大声笑着说，"不错，你说的一点儿也不错，全是假装的。那小房子也是我故意抬到路中间，叫你踩坏的。"

八戒大剩望着灰豆儿鼻头问："这么说，这一切全是你事先计划好的？"

大鼻子小人在灰豆儿鼻子里答道："你说的对极了。"

八戒大剩好奇地问："那你以后怎么处置灰豆儿？"

大鼻子小人笑嘻嘻地道："我打算春夏秋冬在这里长期住下去。"

灰豆儿一听，慌了，哼哼唧唧地说："那你可别在里面生火！"

大鼻子小人大大咧咧地说："天冷的时候，是免不了要生火的，而且，冒烟是经常的，因为我有烟瘾。"

这时，灰豆儿的鼻孔突然袅袅冒出烟来。

八戒大剩叫："嘿，这家伙说抽就抽。"

灰豆儿叹口气说："唉，光是抽烟还能忍耐，他要是再会喝酒，在我肚子里撒酒疯，我可受不了。"

灰豆儿刚说完，忽然捂着肚子说："好疼，好疼。这家伙真的在我肚子里撒起酒疯来了。"

八戒大剩忙说："别急，看我来治他。"

灰豆儿哭丧着脸说："你得先把他从我的鼻子里弄出来。"

八戒大剩叫："弄他出来的办法，我有的是。灰豆儿，你把鼻孔张大些。"

灰豆儿真的把鼻孔张得老大。

八戒大剩从口袋里拿出一瓶辣椒水，对着灰豆儿的鼻孔咕嘟咕嘟往里猛倒。

灰豆儿哼哼唧唧地问："你在倒什么，这么难受?"

八戒大剩说："我在倒辣椒水，把那家伙辣出来。"

八戒大剩的话还没说完，只听灰豆儿大叫一声："辣死我啦!"辣得他鼻涕、眼泪一齐往外流，狼狈至极。

大鼻子小人却在灰豆儿肚子里得意地大叫："甭想辣我，我早有防备，我在你嗓子眼里安了个活门，辣椒水一来我就关上。"

八戒大剩对灰豆儿说："他既然在你嗓子眼里安了门，看来灌什么都不行了。我只有亲自进去把他赶出来。"

灰豆儿问："你这么大，怎么进得了我鼻孔?"

八戒大剩说："我变成一只超级小蜜蜂飞进去，把他蜇出来。"

八戒大剩抖擞精神，叫声"变"，竟变成了一只超级大蜜蜂，有房子那么大。

灰豆儿吓得身体向后一仰。

八戒大剩忙说："变错了，变错了，待我重变。"

八戒大剩又是摇晃又是转圈，没想到变得更大了，比原来还大三倍。

灰豆儿望着山似的大蜜蜂，连连后退说："算了吧，别进了。你快变回原来的样子吧。"

大蜜蜂张大嘴巴正呜呜噜噜地念咒语，忽然从草丛里又跳出一个紫色的大鼻子小人，直朝大蜜蜂的嘴巴飞去。

灰豆儿急忙叫："快闭住嘴。"

大蜜蜂慌忙闭嘴，可是已经晚了，大鼻子小人跳进了它的嘴巴。

大蜜蜂变回了八戒大剩的模样，问："那小东西进去了吗?"

八戒大剩的肚皮里立刻传出声音："我也在你的肚子里了。"

这时，从草丛里出来一对大鼻子小人。他们每人都拿着一个小喇叭。

为首的一个大鼻子小人命令说："躺下，躺下。"

灰豆儿和八戒大剩肚皮里的大鼻子小人一齐发出威胁的声音："不听命令，我们就掐你们的心和肺。"

灰豆儿和八戒大剩一齐捂着肚子叫："我们躺下就是，你们不要在我们肚子里乱踢乱打了。"

灰豆儿和八戒大剩赶快老老实实地躺在地上。

大鼻子小人们在地上钉了许多橛子，用绳子把灰豆儿和八戒大剩固定在地上。

拿着喇叭的大鼻子小人排好了队，吹着喇叭。他们吹着一种古怪的调子，然后一齐喊："长长长。"

奇怪的事情发生了，随着小喇叭的声响，灰豆儿的鼻子在向上长，八戒大剩居然也长出了鼻子。八戒大剩吃惊地叫："哇！我居然也被他们吹出了鼻子。"

大鼻子小人又吹一阵喇叭，喊："长长长。"

灰豆儿和八戒大剩的鼻子又噌噌噌地往上长。

就这样，大鼻子小人吹一阵喇叭，灰豆儿和八戒大剩的鼻子就向上长一段……

灰豆儿和八戒大剩的鼻子不断地往上长，高过了树，高过了山，高过了云彩，一直伸到了蓝天上。

灰豆儿和八戒大剩躺在地上，看不见上面的情景，他们只看见两个无比长的鼻子在他们头顶的天空晃。

八戒大剩说："哈，我们的鼻子都长到了天上。"

灰豆儿说："不知道他们想用这长鼻子干什么？"

这时，大鼻子小人们又从草丛里扛出一面五色旗来。

八戒大剩一见，吃惊地说道："啊，这些小妖真是大胆，把太白金星的五色旗都给偷来了。"

灰豆儿问："这五色旗是干什么用的？"

八戒大剩说："这五色旗可是个宝贝，用来指挥天上的星星的。平时太白金星总是带在身边，不知怎的落到了他们手里。"

为首的大鼻子小人扛着五色旗，在最前面，其余的则拿着棍棒或者喇叭跟在后面。他们排着大队，沿着灰豆儿和八戒大剩的长鼻子向上走。

灰豆儿说："他们想借着我们的鼻子上天。"

八戒大剩担心地说："他们拿着棍子上天，是去打我们的鼻头吧？离这么远打，我可一点儿办法也没有。"

灰豆儿想了想说："我想，他们不会把我们的鼻头变到天上，再去打。那样有多费劲？刚才在原地打，不是更方便吗？"

八戒大剩连连点头："对对，你说得对。"它这一点头不要紧，它的长鼻子也跟着动起来。

正沿着它的长鼻子上天的大鼻子小人们顿时晃晃悠悠，站立不稳。

灰豆儿一看，也跟着晃脑袋。他的长鼻子自然也跟着乱晃。他鼻子上的小人们吓得哇哇大叫。

灰豆儿和八戒大剩咧嘴乐了。但他们很快就露出龇牙咧嘴的表情，再也乐不出来了。因为钻到他们肚子里的小人在里面又踢又打，并且凶狠地大叫："不许乱动！再乱动就掐你们的心肺。"这使他们很痛苦。

灰豆儿和八戒大剩只能老老实实地伸着鼻子，再不敢动一动。

大鼻子小人们终于爬到了鼻子的顶端。他们到了天上。

已经临近黄昏，天变成了深蓝色，远处有小星星在眨眼。

在长鼻子周围，云彩缭绕。小人们跳到了旁边的云彩上，开始忙碌起来。

灰豆儿和八戒大剩在地面上，虽然因为云彩挡着，看不见上面，但他们的鼻子是很灵敏的。他们能感觉出，那些大鼻子小人在干什么。

灰豆儿说："他们在往我鼻孔里插东西，好像是根旗杆。"

八戒大剩说："他们好像在我的鼻尖上拴什么东西。啊，我感觉出来了，是一张网。"

他们猜得一点儿也不错。大鼻子小人们把五色旗插到灰豆儿的鼻孔里了。然后，他们站在旁边的云彩上，静静地等待着。

为首的大鼻子小人一按旗杆上的小按钮，五色旗渐渐地亮了起来，闪着美丽的光。

下面，灰豆儿仰着脸向上望着说："我的鼻尖上有一颗星星，我敢说，这是天空最美的一颗星星。"

八戒大剩说："那不是星星，是太白金星的五色旗。"

深蓝的天空里，五色旗越来越亮，射出一圈一圈五彩的光环，向着天空的四面八方扩展。

五彩的光环中，仿佛还有琴声，一种若有若无的琴声回荡在天空。

奇迹出现了。远处的天空，有银色的小星星，向着五彩光环飘来……

一颗、两颗、三颗……小星星在光环中飘，飘向闪亮的五色旗。

下面，八戒大剩望着天空说："他们在用五色旗召集星星。"

天空中的繁星越来越多，都向着五色旗聚拢过来。

大鼻子小人们兴奋起来了。他们手里拿着大棒子，兴高采烈地等在五色旗旁边，等那些闪亮的小星星一靠近，就把它们围起来，用棒子打。

"啪啪!"小星星被打昏了。大鼻子小人把小星星装到了网子里。

等网子里装满了星星，大鼻子小人又排成一队，吹着小喇叭，然后喊："缩缩缩。"

灰豆儿和八戒大剩的鼻子马上收缩，并且缩得很快。大鼻子小人们坐在鼻头上，拉着装满星星的网子，从天上降下来。

大鼻子小人把网里的星星拉到草丛里。

等他们再回来时，网子里已是空空的了。

躺在地上的灰豆儿说："原来，他们在偷星星。"

八戒大剩说："而且他们还在继续偷。"

灰豆儿说："不过，他们偷的方法很笨。"

八戒大剩问："怎么笨?"

灰豆儿说："你看，他们是把我们的鼻子吹长了，再往上爬。要是我，就先坐在鼻头上，再吹喇叭。让长鼻子直接把我们送上天去。"

灰豆儿的话刚说完,他的耳朵便传出一通叫喊:"先坐鼻子上,再吹喇叭。"

灰豆儿惊慌地说:"糟糕,钻进我鼻子里的小人偷听到咱们讲话了。"

果然,那些拿喇叭的小人争先恐后地坐到了鼻头上。

"呜里哇啦……"他们舒舒服服盘腿坐着,一齐吹喇叭。他们就像坐在电梯上一样,随着灰豆儿和八戒大剩的鼻子升上了天空。

大鼻子小人又得意扬扬地让五色旗放射出光环,又有许多星星从四面八方飘过来了。

灰豆儿望着天空,焦急地说:"能不能不让星星飘过来呢?"

八戒大剩说:"不行,招星旗的魔力能控制所有的星星。"

灰豆儿吃惊地说:"看,那边一个特大的星星也被招星旗招来了。"

一个闪亮的大光团正从天边飞来,速度很快。

八戒大剩看着说:"那好像不是星星,是个人。"

大光团在天空滚动着,越来越近,一直滚到五色旗附近,终于停止了旋转,这才看清,原来是太白金星。

太白金星厉声高叫:"什么人如此大胆?偷了我的招星旗,又到这儿来偷星星?"说着,风驰电掣般地飞了过来。

大鼻子小人一阵惊慌,有几个还丢掉了手中的喇叭和棒子。

眼看太白金星就要赶到跟前,为首的大鼻子小人却抢先拿到了五色旗。

大鼻子小人将五色旗向太白金星一晃,五色旗里突然射出彩色光环,将太白金星逼住。太白金星只能停在原地,前进不得。

大鼻子小人又将五色旗连晃几晃,晃出一串串五色光环,将太白金星围住。

大鼻子小人使劲摇五色旗,光环晃动,发出响亮的琴声。

随着琴声,太白金星竟不由自主地跟着跳起舞来。

大鼻子小人摇动旗子越快,太白金星跳得越快,样子狼狈至极。大鼻子小人们看了哈哈大笑。

大鼻子小人将五色旗的旗尖向着太白金星一指,一束光射过去,太白金星竟晕晕乎乎地倒下。

大鼻子小人们立刻拥上去，用网子将太白金星罩住。

大鼻子小人吹着喇叭，让灰豆儿和八戒大剩的鼻子从空中缩下来。

灰豆儿望着网子里的太白金星，叹了口气说："连太白金星也被他们捉住了。看来，那招星旗实在是厉害。"

太白金星也看到了灰豆儿，生气地撅起了胡子问："你怎么也当起他们的帮凶来了？"

八戒大剩厉声叫道："这太白金星老儿，你把玉皇大帝的招星旗都丢了，让这些小坏蛋们偷来干坏事，是严重失职。我还没到玉帝那里去告你呢，你反倒责怪起我们来了？"

太白金星不好意思地说："我这招星旗本来一直放在七层保险箱，不知被哪个大胆毛贼偷了去。"

这时，草丛里突然露出一张大嘴，笑嘻嘻地说："嘻，是我偷的，可惜，你现在知道也晚了。"说这话的是大嘴怪。它的大嘴巴里闪闪亮亮，原来是它把小星星全吞到肚里去了。

灰豆儿吃惊地问："是你指挥这些大鼻子小人偷星星？"

大嘴怪笑嘻嘻地说："不错，不错。这些星星在我嘴里就像给我镶上了大银牙，多好看啊！我还准备把月亮再偷来，吞下去。那就镶上了大金牙了。不过，我得先把你们几个消灭掉。"它狠狠地瞪着灰豆儿说，"尤其是你这个专干好事的小妖。"

大嘴怪拿过五色旗，大叫："我的徒孙们快出来，我可要用招星旗整治他们了。"

"慢着，慢着。我们就出来。"两个大鼻子小人急匆匆从灰豆儿和八戒大剩的鼻孔里跳出。

说时迟，那时快，大嘴怪已将五色旗抛起。

太白金星、灰豆儿、八戒大剩刚想逃，五色旗已变得极大，铺天盖地落下来，将他们三个包在里面。

大嘴怪狂笑着："哈哈，过一个时辰，你们就化成水了！"

灰豆儿他们被包在旗里，感到浑身燥热，四面冒出火来。

八戒大剩使出浑身解数，东撞西撞，五色旗毫发无损。

八戒大剩焦急地说："太白金星，你可有解救的办法?"

太白金星连连摇头："没有，没有。这招星旗是用天火炼过的，实在厉害。我也是从玉帝那里借来用的。这回咱们谁也出不去了。"

这时，周围的火焰愈烧愈烈，还有火箭从旁边射出，正射在灰豆儿的屁股上。

灰豆儿大叫："啊！我的屁股好疼。"

灰豆儿的屁股突然变亮，似一团火，竟将五色旗烧了个大洞。

太白金星吃惊道："这是怎么回事?"

八戒大剩高兴地叫："我想起来了，灰豆儿的屁股补过天，弥勒佛已给过他神力。只是，在他受欺负时才能使出。"

三个人一齐从破洞里冲了出来，吓得大嘴怪和大鼻子小人们四散奔逃。

太白金星笑着说："灰豆儿，没想到你有这样的福气，竟得到弥勒佛的神功。我倒要谢你救了我。"

灰豆儿不好意思地说："只是您老的招星旗还得回去补一补呢。"

小精灵灰豆儿

怪怪蛋

灰豆儿带着八戒大剩正在低空慢慢爬云，看着下面的风景。下面是一派美丽的田园风光，一片片金黄的稻穗，结满红苹果的果树。

灰豆儿看着，忍不住说："这下面可是个丰衣足食的好地方。"

八戒大剩在灰豆儿屁股上竖直着说："上面有更好的东西。"

灰豆儿问："你又发现了什么好吃的?"

八戒大剩说："你看，空中那个碗多大。"

灰豆儿仰起脸来，他看见头顶的蓝天上，飘着一个漂亮的彩色摇篮。

八戒大剩说："那么大的碗，不知装了多少好吃的东西。"

灰豆儿告诉它："那不是碗，那是个摇篮。"

八戒大剩坚持说："不，那只是个摇篮形状的大碗。里面绝对装了许多好吃的东西，我已经闻到香味了。"

彩色的摇篮在空中摇啊摇，像只小船。一朵朵云彩迎面飘来，摇篮如同在白色的浪花上颠簸。

彩色摇篮颠簸得厉害起来，里面的东西撒了出来，是一些美丽的香喷喷的花朵。

这些花朵带着香味，飘飘悠悠地落下来，经过灰豆儿和八戒大剩的身旁。

八戒大剩连声叫："这我可不喜欢。人家说，小子爱花怕媳妇。最好掉一些好吃的东西。"

天上的彩色摇篮颠簸得更厉害了。各种各样的水果从里面颠出来了：橘子、香蕉、葡萄、苹果、菠萝、蜜桃……

八戒大剩兴高采烈地叫："乖乖，掉得真棒！"说着，它把自己半截身子变成一个浅口的篮子，接上面掉下来的东西。

水果不断掉进八戒大剩变成的篮子里，八戒大剩叫："你掉多少，我接多少。"

天上的摇篮摇得更厉害了，好像是自己故意在摇。

猛然，一个大黄蛋从快要掀翻的摇篮里掉出来了，速度极快地落下来，直冲向八戒大剩的篮子。

灰豆儿惊奇地望着，他好像听到大黄蛋里发出一种奇怪的声音，既像唧唧声，又有点儿像嗞嗞声。

眼看大黄蛋就要落到浅口篮子里了，灰豆儿忍不住叫："可别是炸弹！"

"啊?"八戒大剩吓得一哆嗦，它上面的篮子歪了，大黄蛋正好砸在篮子边上，砸得八戒大剩龇牙咧嘴。篮子里的水果全被砸了出来。

水果和大黄蛋一起往下落，八戒大剩急忙去抓，只抓住两颗葡萄。

下面的草地上，两个孩子正在玩耍，看见天上落下许多水果，急忙跑过来看。正好大黄蛋落下来，砸在两个孩子的头上，砸得两个男孩哇哇大叫。

两个孩子头上都被砸起了大包。

"这个大坏蛋。"斗鸡眼男孩用脚踢着黄蛋。黄蛋似乎并不重，被踢得在地上弹了几下。蛋里面发出唧唧的声音。

"我们可以拿它当球踢。"雀斑脸男孩说，使劲一踢。黄蛋弹得更高了，发出的唧唧声也更响了。

"真好玩，真好玩。"两个男孩开心地在草地上踢来踢去。

灰豆儿在上面的云彩上看着说："看来这圆蛋似的东西不是炸弹，可也不是足球啊！"

八戒大剩说："管他是什么，我得先去看看天上那篮子里还有什么吃的东西。"说着嗖的一下翻上高空，眼见那彩色摇篮已远远飘向天边，八戒大剩急急忙忙追过去。

这时，斗鸡眼男孩将黄蛋踢得很高，都高过灰豆儿站着的云彩了。黄蛋发出的唧唧声清晰地传到灰豆儿的耳朵里。

灰豆儿自言自语："蛋里好像有声音在叫，我得下去看看。"

他对自己说："我的妖精长相别吓着那两个男孩。我最好变个模样，再下去。"

灰豆儿念着咒语，摇身一变，变成个又丑又胖的小丫头。

灰豆儿连连摇头说："太丑，太丑！最好变成个英俊少年。"他又使劲一转圈，这回还是个小丫头，而且长得更丑。

灰豆儿叹口气说："没办法，我就这么点儿法术，只好凑合了吧。"

变成丑小丫头的灰豆儿飘了下去。

两个男孩踢蛋踢得更起劲儿，蛋里发出的声音也更响。

灰豆儿说："你们不要踢它了。"

斗鸡眼男孩说："哪儿来的小丫头，少管闲事！"

灰豆儿说："这蛋里有声音，没准儿有活的东西。"

雀斑脸男孩说："把它敲开看看有什么。"

斗鸡眼男孩拿着根木棒说："我来敲。"

灰豆儿说："你小心点儿，别把里面的东西敲坏了。"

斗鸡眼男孩嘲笑说："你这个胆小鬼。"他抡起木棒用力向黄蛋打去。

"咚！"木棒打在黄蛋上，蛋壳一点儿没破，反倒把木棒弹到斗鸡眼男孩的脑门上，疼得他叫了一声。

灰豆儿忍不住笑了。黄蛋里也发出咯咯的笑声。

斗鸡眼男孩生气地说："这个坏蛋还笑！"

雀斑脸男孩说："我们用火来烧蛋，一定很好玩。"

"对，用火烧。里面要是只烤鸭，我们就吃了它。"斗鸡眼男孩恨恨的。

两个男孩用树枝架起火来烧蛋。灰豆儿在旁边看着，不知怎样才能制止他们。

蛋壳在火焰的烧烤下，噼噼啪啪地爆裂开，里面还有一个粉色的蛋。

斗鸡眼男孩兴奋地叫："哇，里面还有蛋壳。"

雀斑脸男孩叫："再接着烧。"

他们把火烧得更旺。

粉蛋壳里发出了呻吟的声音："好疼，好疼！救命，救命！"

灰豆儿焦急地告诉他们："别烧了，里面有人喊救命。"

可是两个男孩烧得正开心，根本不理睬灰豆儿。

灰豆儿冲上前，想把粉蛋壳从火里抢出来，可是斗鸡眼男孩狠狠地把他往后一推。灰豆儿的屁股碰在一块石头上，他的屁股放出电光，砰的一声，那块石头被炸碎，飞向天空。灰豆儿这一摔，又变成了原来的模样。

两个男孩一看见灰豆儿的样子，大吃一惊："他怎么变成这模样了?"他们吓得转身就跑。

灰豆儿忙把粉蛋壳从火里拿出来，望着两个男孩逃跑的背影，他笑着说："没想到，我这小妖精脸这次还有用呢。弥勒佛给我的神功也用上了。"

粉色的蛋壳在地上跳着，哼哼唧唧地发出声音："好烫啊，好烫啊！"

灰豆儿东张西望，他看见附近有条小河，忙对蛋壳说："你忍一会儿，我马上就叫你凉下来。"

他拿起粉蛋壳，粉蛋壳烫烫的，灰豆儿只好用两只手轮流扔着、接着，飞快地向河边走。到了河边，他把蛋壳放进水里。

"哟哟哟哟……"水里冒出一股热气。啪的一声，粉蛋壳裂成了两半。

灰豆儿看着说："原来蛋壳是空的。"

"谁说蛋壳是空的? 你想淹死我啊?!"水里有个声音生气地说。

灰豆儿的眼睛又睁大了一圈。他使劲向河里看，才看清，粉蛋壳里还有一个绿蛋壳，因为和河水的颜色十分接近，几乎分辨不出来。

灰豆儿连忙把绿蛋壳从河水里捞出。

这个绿蛋壳亮亮的，呈半透明状。灰豆儿看着说："原来是颗大珍珠。"

"什么大珍珠? 不许胡说八道。"蛋壳里发出生气的声音。

灰豆儿拿着绿蛋壳，拼命向里看。模模糊糊看见里面有个东西在动，可看不清是什么。

这时，八戒大剩从空中飘下来说："那摇篮里什么也没有，害得我白跑了一趟。"

灰豆儿问："你看看这绿蛋壳是什么？"

八戒大剩问："你这蛋壳是从哪儿弄来的？"

灰豆儿说："天上摇篮里掉下的那个黄蛋壳裂开了，里面有个粉蛋壳。粉蛋壳裂开了，里面又有个绿蛋壳。"

八戒大剩皱着眉头想了想说："我明白了。我听说过天上的麒麟最爱护自己的孩子，它的孩子没出生时，就用三重蛋壳保护。尤其是这第三重蛋壳，结实极了。据说，雷劈不开，锤打不破。"

绿蛋壳里传出焦急的声音："快放我出去，我都快憋死了！"

八戒大剩看着蛋壳里乱动的小东西，连声说："糟糕，糟糕！灰豆儿，你惹了大麻烦了。"

灰豆儿吓了一跳："我怎么惹大麻烦了？"

八戒大剩说："这麟麟蛋之所以有三重壳保护，是因为需要一千年，才能孵出一只小麒麟。如今没到时间，外面蛋壳就提前破了。如果不能赶快把它孵出来，这小麒麟就会憋死在蛋壳里。"

灰豆儿忙说："那我们赶快把它孵出来就是。"

八戒大剩说："呸呸呸！没有它妈妈在是孵不出来的。"

灰豆儿哼哼唧唧地说："那我们就装它妈妈试试。"

蛋壳里又传出急促的喘息声："啊，憋死我了！"接着有磕蛋壳的声音。那小东西好像在里面撞蛋壳。

灰豆儿听了，焦急地说："情况紧急，救人要紧。装什么我也得装了。"他把绿蛋壳小心地放到身体下面说，"我来替它妈妈孵蛋吧。"

八戒大剩笑嘻嘻地说："我听说那麒麟妈妈孵蛋时总要唱两句好听的曲儿。"

灰豆儿说："那我也就胡编几句小曲吧。"他哼哼唧唧地唱，"水牛，水牛，先出犄角后出头。你妈你爹，给你买烧羊肉。你要不出来，喂狗吃。你再不出来，我就喂狼吃。"

八戒大剩皱着眉头连呼："不成，不成。这麒麟乃是天上福兽，比那龙种还要珍贵，哪儿能和水牛相提并论。"

八戒大剩的话还没完，只听灰豆儿身下发出蛋壳爆裂之声。

灰豆儿欢喜地叫："出来了，出来了！"他喜滋滋地跳到一边。

只见绿蛋壳被啄开一个圆洞，慢慢伸出一个小小的麒麟脑袋来。

八戒大剩惊奇地叫："这是怎么回事？怎么什么妈妈都能把蛋孵出来？"

灰豆儿说："我猜想，这是因为，天下所有妈妈的爱子之心全是一样的。不是有句话叫做'可怜天下父母心'吗？不管穷的、富的，是皇帝，还是叫花子，爱自己孩子的心全是一样的。"

八戒大剩笑道："刚才你一定也是把自己的全部爱心都拿出来了。"

灰豆儿说："你说得一点儿也不错。"他聚精会神地看着蛋壳。

小麒麟正费力地从蛋壳里往外爬。它又小又瘦又难看，皮肤皱皱的。

灰豆儿同情地说："它怎么这样难看？"

八戒大剩说："它是提前出来的，是个早产儿。"

爬出蛋壳的小麒麟，刚走一步，就软软地跌在草地上，嘴里叫着："饿，饿，饿。"别看它个儿小，叫的声音还挺大。

灰豆儿说："它肚子饿了。"

八戒大剩说："婴儿应该吃奶，我刚才看见那边正好有现成的，我去弄来。"它说着，向旁边的树林飞去。

过了一会儿，八戒大剩回来了，揪着一头肥胖的奶牛的尾巴，奶牛倒退着走，跟着它过来。

八戒大剩离老远就喊："我给它弄奶来了！"

灰豆儿慌忙把小麒麟牵过去。

饿极了的小麒麟叼着奶牛的奶头，猛吃奶。小麒麟长得很快，边吃边长，不一会儿就有一头小牛大了。可奶牛却一下子瘦了很多。

小麒麟吃完了奶，又奶声奶气地说："我要吃水果。"

八戒大剩苦着脸说："糟糕，这回咱们又碰上一个特能吃的家伙。"

灰豆儿说："刚才，天空的摇篮里掉下的好多水果，大概就是给这小麒麟预备的，咱们快去找。"

八戒大剩和灰豆儿忙着到附近的草丛、灌木中去找各种水果。小麒麟张着大嘴等着。

在树林的另一边，斗鸡眼男孩和雀斑脸男孩又回来了，他们踢着黄蛋壳玩。

"哇！这还有一个粉蛋壳。"斗鸡眼男孩叫。

"哇！这还有一个绿蛋壳。"雀斑脸男孩叫。

两个男孩在草地上，把彩色的蛋壳踢来踢去。一些男孩跑来了，和他们一起踢。

一些女孩也跑来了，也加入到踢蛋壳的游戏中。

孩子们玩得很开心，一点儿也没注意到，一团彩云在空中飘。彩云上面，有一威风凛凛的老麒麟。

老麒麟正推着摇篮，在空中焦急地寻找："我的孩子怎么不见了呢?"

突然老麒麟发现了地面上正在踢彩蛋壳的孩子们，它愤怒地大吼："那是我宝宝的蛋壳，一定是那些可恶的孩子把我的宝宝杀死了。"

老麒麟悲愤地诅咒："我非要好好惩罚可恶的人类，为我的宝宝报仇!"

老麒麟狂怒地从口中喷出飓风。这风好大，把树木、花草，全卷起来了，把房屋刮倒了。

人们惊慌地从房子里跑出来。他们看见了天空云彩中的老麒麟。

一位老人吃惊地望着天上的老麒麟问："我听说，麒麟是天上最吉祥的动物，一向是造福于人的。你怎么反倒作恶?"

老麒麟伤心地说："因为现在人变坏了，没有好人了，他们伤害了我的孩子，所以我要报复。"

这时，八戒大剩从树林的另一边升到空中，向老麒麟叫："你的孩子没有受到伤害，它已吃得饱饱的，正在这儿玩呢。"

老麒麟低头一看，在树林里，小麒麟正兴高采烈地和灰豆儿玩耍呢。

老麒麟惭愧地说："我错了，冤枉了好人，真对不起。"

下面人群中，斗鸡眼男孩和雀斑脸男孩也赶快低下了头。

灰豆儿也带着小麒麟爬云爬到了空中，对小麒麟说："快去找你的真妈妈吧。说实在的，我把你从蛋里孵出来，还真有点儿舍不得你呢。"

小精灵灰豆儿

云中白丝线

灰豆儿和八戒大剩看见一个奇怪的情景：一个老婆婆坐在高高的悬崖上，摇着一架纺车。

老婆婆长得很丑。尖鼻子，满脸皱纹，眼睛黑亮亮的。她面无表情，摇着纺车。

这纺车也很特别，纺的不是一条线，而是许多条线。这些线白如雪，并且是从天上下来的。

一条条雪白的丝线从天空的云层里下来，到了纺车上。远远望去，就像纺车射向蓝天的一条条光线。

尖鼻子老太婆摇啊摇，纺车上的丝线越来越多，就像是一堆白雪。

灰豆儿看了忍不住说："这样奇怪的纺车我还是第一次见到。"

八戒大剩说："这样的老太婆我也是第一次见到。"

悬崖边上好像起了风，风好像把纺车带起来了，像要飘向空中。尖鼻子老太婆拼命往下拉着纺车，她的身体都飘到了悬崖边上。

灰豆儿吃惊地叫："不好，老婆婆要掉下去了！"他飞快地往山上跑。

山路很滑，灰豆儿的速度很慢。他一边往前跑一边叫："八戒大剩快助我一臂之力。"

可是他突然被什么东西拉住了，灰豆儿回头一看，八戒大剩变成一个铁锚钩住了一棵树。

灰豆儿着急地叫："变错了，你应该变成个推进器，帮我加快速度才是。"

八戒大剩说："没有错，一点儿没错。"

灰豆儿问："怎么没错？难道你不愿意帮助别人？"

八戒大剩说："那老太婆根本用不着咱们帮。你看！"

灰豆儿抬头望去。只见尖鼻子老太婆嘴里咒骂着，用嘴猛一吸气，她突然变得很胖很大，拉着纺车一下子坐到悬崖上。她把纺车摇得飞快，更多的白丝线被她从云层中拉下来，绕到纺车上。

灰豆儿吃惊地说："这老婆婆还会魔法。"

八戒大剩吸溜着鼻子说："我觉得这魔法的味道可有点儿不对。"

说话间，他们已经到了尖鼻子老太婆跟前。

尖鼻子老太婆一见灰豆儿，立刻滴溜溜地转着眼珠笑道："哈，一小妖精。"

灰豆儿忙说："我可是不干坏事的小妖精。"

尖鼻子老太婆嘲笑地说："妖精还有不干坏事的，别蒙我了。"她正说着，突然看见了灰豆儿身后的八戒大剩，立刻脸色大变，慌张地说，"你？"她拉着纺车就向后退，眼看就要掉到悬崖下面。

灰豆儿忙拉住她说："老婆婆，您不用怕。它是我的朋友，叫八戒大剩。"

尖鼻子老太婆笑着说："我没害怕，我以为只有你一个人呢，一下子冷不丁又冒出一个来，吓了我一跳。"

这时，八戒大剩仍一个劲儿吸溜着鼻子说："好像有妖怪的味儿。"

尖鼻子老太婆立刻满脸堆笑，惊喜地说："啊，你就是大名鼎鼎的八戒大剩？我早就听说，你的鼻子天下第一，比那孙悟空的火眼金睛还要强十倍。"

八戒大剩高兴地问："你听谁说的？"

尖鼻子老太婆说："这还用听说，现在天下除了你们俩，谁不知道啊？"

八戒大剩顿时兴高采烈："真没想到，我会这么棒啊！"

灰豆儿问："老婆婆，你这是纺的什么线？"

尖鼻子老太婆转着眼珠，哼哼唧唧地说："我这是，这是把天上的白云纺成线。"

正在这时，从云层中隐隐约约传来了鸟鸣声。

灰豆儿："云层中好像有鸟叫？"

尖鼻子老太婆惊慌地说："你大概是听错了，我怎么没听见啊？"

这时，云层中的鸟鸣声越来越清晰了，那是悲哀的声音。

灰豆儿皱着眉头："我去看看。"他一个跟头腾起来，开始向空中爬云，他的速度很慢。

八戒大剩说："我跟你一起去。"它飞到灰豆儿屁股上，变成一个推进器，推着灰豆儿，顺着天空拉下来的丝线，飞快地冲向云层。

他们耳边的鸟叫声越来越响，灰豆儿来到了云层上面，被眼前的景象惊呆了。

云层上面，有许多白鹤在艰难地飞行着。那些丝线正连在它们的翅膀上，原来尖鼻子老太婆用纺车纺的丝线，是白鹤的羽毛。

白鹤的羽毛正像细丝织的一样，被一点儿一点儿从身上拉下来，拉下云层。有的白鹤被拆得剩下两个短翅膀，有的只剩下一个翅膀了。它们痛苦地鸣叫着，忽上忽下艰难地飞翔。

灰豆儿惊叫："那老太婆在偷拆仙鹤的羽毛。"

八戒大剩也叫："原来那老太婆是妖怪。"

灰豆儿叫："快变成一把大剪刀剪断那些丝线。"

八戒大剩在空中晃着，摇身一变，变成一把大剪刀，在云层中飞来飞去，剪断连在白鹤身上的丝线。

八戒大剩叫："我去捉那老妖怪。"

大剪刀倏地飞下云层，远远看见尖鼻子老太婆正在慌忙收拾纺车。

"老妖精，哪里跑？"大剪刀呼啸着，直飞过去，眼看就要飞到尖鼻子老太婆的身旁。

尖鼻子老太婆却冷笑一声，一甩手，从她手中飞出两面金镲，迎向剪刀。

"啊，这老妖精竟把弥勒佛的金镲给偷来了。"八戒大剩叫着，想躲闪，可是来不及了。

当啷一声，两面金镲一合，将飞剪包在了里面。

"哈哈，你上当了！"尖鼻子老太婆得意地笑着，将金镲托在手里，又拿起纺满白丝线的纺车跳下了悬崖。

灰豆儿从云层中爬云下来，站在悬崖边上，自言自语说："我要先把八戒大剩救出来。"他向下一望，只见雾气茫茫，深不见底。

灰豆儿心惊地说："这要掉下去，不得摔成个肉饼？"他退了回来，想了想又说，"既然那老太婆能跳，我为什么不敢？"说着，他两眼一闭，来个冰棍式的跳水姿势，跳下悬崖。

只听一片嗖嗖的响声，灰豆儿像秤砣一样向下坠落。

灰豆儿赶忙向上爬云，不料竟一点儿也不管用，他的身体依旧向下坠落。灰豆儿慌忙大叫："不好了，爬云也不管用了。"

灰豆儿向下落着，听见旁边有人奸笑说："那小豆儿，你有什么本事，竟敢跟我学？这回，你掉到下面找死吧！"

灰豆儿一偏头，他才发现，悬崖中间有个山洞，尖鼻子老太婆正在洞口向他狞笑呢。

灰豆儿越掉速度越快，无论他怎么挥动双臂乱爬，也没用。他感到浑身发冷，冷得他直哆嗦。灰豆儿牙齿打战地说："妈呀，怎么这样冷？"

他说着，无意中向下一看，不由得大吃一惊。在下面谷底，一条巨蟒正昂着头，张着血盆大口，向上吸着。

灰豆儿眼看自己向着大蟒的口中掉去。他吓得魂飞魄散，连声叫："这回完了！"

忽然，灰豆儿感觉身体被什么拽住，使他停止下落。他仰脸一看，只见两只白鹤正抓住他的肩膀。两只白鹤的翅膀已经残缺不全，飞翔也很费力，但仍死死抓住灰豆儿，向上飞翔。

灰豆儿激动地说："谢谢你们。"

白鹤带着灰豆儿向上飞着，经过悬崖中间的洞口时，灰豆儿奋力一跳，跳到了洞里。他又一次对白鹤说："谢谢你们救了我，我一定想办法帮你们把羽毛从老太婆那里夺回来。"

两只白鹤向灰豆儿点点头，无声无息地飞走了。

灰豆儿站在洞口向里望，里面黑黢黢的。他屏着呼吸，摸索着，一点儿一点儿往里走。

猛然，他脚下碰到一个东西，发出当啷啷的响声，接着听见有人狠狠地骂着："老妖精，快放我出来。"

灰豆儿听出这是八戒大剩的声音，他低头一看，原来刚才他正踢在那个金镲上。

灰豆儿忙说："八戒大剩，是我。"

金镲里传出八戒大剩的声音："是灰豆儿吗？那老妖精也把你捉来了？"

灰豆儿低声说："没有，我是悄悄跟进来的。"

八戒大剩忙说："快想办法把这金镲弄开，救我出去。这里面越来越烫，再过半天我就会化成水了。"

灰豆儿急忙问："怎样才能救你出来呢？"

八戒大剩说："你得去找那老妖精，把金镲的遥控器偷来。"

灰豆儿说："你等着，我这就去。"

灰豆儿离开了金镲，又摸索着向里走。前面，两边的墙壁上突然有了壁灯。灰豆儿发现道路是弯弯曲曲向上的，就像在一个螺旋形的楼梯上向塔顶走一样。

快到塔顶了，灰豆儿越加小心起来。他看见前面有一扇门，里面透出亮光。

灰豆儿蹑手蹑脚地来到门前，从门缝向里张望。

他看见尖鼻子老太婆在屋子里，正在用织布机把雪白的丝线织成两个翅膀。

尖鼻子老太婆奸笑着说："哈哈，我终于织成仙鹤羽衣了。"她得意忘形地欣赏着白鹤翅膀。

尖鼻子老太婆又从屋角拉出一个篮子，笑着说："不光有羽衣，我还偷来了这么多仙鹤蛋。有了这两样东西，我一定可以干盼望已久的事了。"她狞笑着，拿起一个仙鹤蛋来看。

篮子里的蛋晃动着，尖鼻子老太婆望着蛋狞笑着说："啊，你们想出来，不要着急。我会很快把你们一个个轰出来的。"她高兴得太厉害了，一下子将篮子碰倒了，里面的白鹤蛋全滚了出来，在地板上散开。

这时，躲在门外面的灰豆儿慌忙转圈念咒语："我要是也变成个白鹤蛋，就好了。"

叮咚一声，灰豆儿真的变成了一个白鹤蛋。他欢喜地哼哼唧唧说："咦？我什么时候也有了变化的本领，难道这也是上次补天时，弥勒佛给的？"

门敞开了一条缝，变成白鹤蛋的灰豆儿，顺势滚了进去，和地上那些白鹤蛋混在一起。

灰豆儿在地板上滚来滚去，他想看看尖鼻子老太婆把遥控器放在哪儿了。可是他还没来得及滚几步，便被尖鼻子老太婆捡了起来。

尖鼻子老太婆捡起灰豆儿变成的蛋，拿到鼻子前闻了闻，皱着眉头说："咦？这个蛋怎么会有一股奶油味？"

灰豆儿听了吓得一哆嗦，幸好尖鼻子老太婆又说："奶油味的蛋也没关系。"她把灰豆儿也放进篮子里。

灰豆儿在篮子里和许多其他的蛋挤在一起。他想："我得赶快找机会溜出去。"

就在这时，尖鼻子老太婆把织好的两个白鹤翅膀插到自己的肩膀上，她立刻像一只大白鸟一样飞起来。

"哈哈，这个仙鹤翅膀可真不错。"尖鼻子老太婆兴高采烈地扇着翅膀。在屋子里兜着圈子飞，还没等灰豆儿弄明白是怎么回事，她已经俯冲下来，拿起篮子朝对面的一扇窗口飞去。

尖鼻子老太婆飞出了窗子。外面是蔚蓝的天空，尖鼻子老太婆挎着篮子飞向天空，她直上云层，越飞越高。

高空的风在她身边刮着，一股股龙卷风呼啸着向她袭来。但尖鼻子老太婆一点儿也不怕。她用力扇着翅膀，得意地狂笑说："龙卷风再厉害，对我也无可奈何，因为我有了白鹤的翅膀。"

她叫喊着，把翅膀扇得更有力，顺着龙卷风扶摇直上高空。

灰豆儿在篮子里，现了原形，从层层叠叠的鹤蛋中使劲往上挤、往上爬，他终于挤到了篮子边上。他刚往外一探头，立刻感到了强烈的龙卷风。他向下一看，下面极其深远，吓得他赶紧缩进了篮子里。

尖鼻子老太婆扇着翅膀飞着，冲出了龙卷风。突然风平浪静了。

灰豆儿从篮子的缝隙里向外看。他发现，在高天之上，还有这么美丽的地方。

到处是美丽的鲜花和芳草，轻悠悠的白云在潺潺的小溪和淙淙的瀑布间飘荡，月亮和星星闪着彩虹般的光芒。

尖鼻子老太婆收拢了翅膀，落在一片绿油油的草地上。她把篮子放到一边，拿出一个小木锤，对着篮子里的鹤蛋狞笑着说："嘻嘻，一会儿就有好戏看了。"

她从篮子里，拿出一个白鹤蛋，用锤子敲着，说："快给我钻出来。"

蛋壳被敲破了，一个还没长羽毛的小雏鹤狼狈不堪地从里面钻出来，叽叽地叫着。

尖鼻子老太婆得意地叫着："哈，连一根羽毛都没长出来，这正是我需要的。"她说着，把小雏鹤往草地上一丢，又去敲第二个蛋壳，第二个蛋壳也被敲破了，从里面钻出的小雏鹤才长着一根毛。

尖鼻子老太婆生气地说："该死，你怎么都长出毛来了。应该一根毛都没有才好。"她恶狠狠地拔掉了小雏鹤的那根羽毛，疼得小雏鹤痛苦地叫着。

灰豆儿躲在篮子里看着。他觉得这个老妖婆真是坏透了。

尖鼻子老太婆从篮子里拿起一个又一个蛋壳敲着，离灰豆儿越来越近了。灰豆儿着急地想："我得赶快再变成蛋壳，不能被她发现。"他在篮子里使劲摇头晃脑，口中乱念："变蛋壳，变蛋壳。"然而念了半天，却连半点用也不管。

"糟糕，这回非被她发现不可。"灰豆儿愁眉苦脸地自言自语。半个蛋壳从上面落下来，正好掉在灰豆儿的头上。

灰豆儿觉得好奇怪，他仰脸向上看。看不见尖鼻子老太婆，却听见她在篮子外面说："不行，这个蛋壳还太小！"说着，又有半个蛋壳被扔到篮子里了。

灰豆儿扒着篮子缝向外看，他看见尖鼻子老太婆身材变得只有一尺来高，正把第三个蛋壳往自己身上扣。

"不行，这个蛋壳还是太小。看来我还应该把身体变得更小一些。"尖鼻子老太婆嘟嘟囔囔，她的身体又矮了半尺，终于把蛋壳帽戴了上去。

尖鼻子老太婆狞笑着："又成功了，我可以进行下一步计划了。"

她拿出一条小鞭子，使劲抽旁边那些小雏鹤，边抽边说："快喊吧，张大嘴使劲喊。"

被鞭子抽疼的小雏鹤们叫着。

"再喊得使劲些，你们就都会得到美丽的羽毛了。"尖鼻子老太婆把鞭子抽得更响。

小雏鹤的叫声飘散开来。灰豆儿在篮子里再也忍受不住了，他大喊着："老妖婆，不许你打小鸟。"

灰豆儿从篮子里跳了出来，变成原来那么大。他勇敢地冲向尖鼻子老太婆。

就在这时，尖鼻子老太婆变成了一只小雏鹤，混在雏鹤群中间，雏鹤们一齐叫着。灰豆儿看看这个，又看看那个，弄不清哪个是尖鼻子老太婆变的。

灰豆儿听到了美妙的乐曲声，所有的小雏鹤都听到了这乐曲声。它是那么轻柔、那么动听，就像温暖的手在轻轻抚摸小雏鹤们的伤口。

小雏鹤都静静地听着，随着乐曲声，一朵朵小白云从树林后面飘过来。

小白云飘到了小雏鹤的面前，每朵小白云，包住了一只小雏鹤，然后又往回飘。

一朵小白云也向灰豆儿飘来，在他身边转着圈，将他包了起来。

灰豆儿待在云朵中，就像在舒适的小房间里，他闭着眼睛，开心地说："真舒服啊！"

他正舒舒服服地躺在云彩里，突然一个鲤鱼打挺蹦起来，说："不好，那老妖婆还混在里面呢。她一定在施展什么阴谋，我得赶快把她找出来。"

灰豆儿从小云团里探出头来，他看见一个个小云团排着队向树林后飘去。灰豆儿急忙划着自己的小云团向前追赶。

他赶上一个小云团，用手扒开小云团，向里一望，里面是一只小雏鹤。灰豆儿又忙去追第二个小云团，扒开小云团看，里面还是小雏鹤。他一连扒开许多小云团看，里面都是小雏鹤。

灰豆儿惊讶地叫："这老妖婆躲到哪里去了呢？"

这时，小云团飘过了树林。前面是一片碧绿的竹林，翠竹林前有一个白衣仙女。她坐在一片白云上，有两只雪白的翅膀，长得美丽极了。

灰豆儿看了忍不住说："白鹤仙女。"灰豆儿早就听说过，白鹤仙女是天下所有白鹤的母亲，她是一个非常美丽善良的仙女。

小云团们向白鹤仙女飘去。云团里不断发出小雏鹤的叫声。

白鹤仙女手里拿着一个小银梭，拨开飘到她面前的小云团。她看着里面没有毛的小雏鹤，同情地问："可怜的小雏鹤，你们怎么会变成这副样子？"

她晃着小银梭，具有非凡魔力的小银梭立刻给小雏鹤织出了雪白的翅膀。小雏鹤飞起来了，变成了一只雪白的仙鹤，在空中翩翩起舞。

白鹤仙女又用小银梭给第二、第三只小雏鹤织出羽毛。

灰豆儿看到这种情景，他马上划着小云团来到白鹤仙女的旁边。

灰豆儿说："白鹤仙女，你要小心，一个尖鼻子老太婆也变成小雏鹤混在里面呢。"

白鹤仙女看着灰豆儿说："这只小雏鹤怎么还会说话？"说着，也用小银梭向灰豆儿一指，小银梭里面立刻有雪白的银线飞出。

灰豆儿急忙说："你看仔细了，我不是小雏鹤。我是灰豆儿。"说话间，他的身体已被小银梭织出的羽毛包住了一半。

白鹤仙女将脸又凑近了灰豆儿，使劲看着，犹豫着说："好像这小雏鹤是有点儿不大一样。只是还看不太清楚，我还得离近些。"

灰豆儿焦急地说："糟糕，没想到，白鹤仙女还是个大近视眼。"这时，他的身体已全被雪白的羽毛包住，只剩一个脑袋还露在外面。

白鹤仙女不好意思地说："对不起，我确实是近视眼，躺着看书看的。"说着她的脸几乎要和灰豆儿的脸挨到一块。

白鹤仙女这才看清楚，她说："咦？你真的不是小雏鹤，那你是谁？"

灰豆儿大声喊："先甭管我是谁了，你现在很危险。"

灰豆儿的话还没说完，飘到白鹤仙女旁边的一个小云团，突然伸出一只手，一下子抢走了白鹤仙女的小银梭。

灰豆儿忙展开翅膀飞到空中，他发现自己已经变成了一只漂亮的小仙鹤了。他在空中同其他的白鹤一起飞着。他看见下面，一个小云团裂开，尖鼻子老太婆从里面蹦出来。

尖鼻子老太婆身体变大了。她手里拿着小银梭，狞笑地对白鹤仙女说："哈哈，你的宝贝终于被我抢过来了。"

"你是谁?"白鹤仙女问着，又使劲凑近尖鼻子老太婆看。

尖鼻子老太婆一动不动，狡猾地笑着让她看。

灰豆儿在空中飞着，焦急地说："白鹤仙女真是近视得太厉害了。"

白鹤仙女终于看清楚尖鼻子老太婆了，她吃惊地说："啊，黑鼠怪。"

尖鼻子老太婆得意地说："不错，是我黑鼠怪，专吃仙鹤蛋的黑鼠怪。"

白鹤仙女向后退着，生气地说："不许你再干坏事。"她说着，用手指向尖鼻子老太婆，一束束光芒射了过来。

尖鼻子老太婆狂笑着："哈哈哈，你的小银梭已在我手中，我用不着再怕你了。"说着，她举起小银梭。

小银梭就像一道屏障，把白鹤仙女手指发出的光束全挡住了。

尖鼻子老太婆从口袋里拿出一个金灿灿的金元宝，狞笑着说："我拿了你的小银梭，我会还给你一个金子做的东西。"

尖鼻子老太婆晃动小银梭，厉声喊："小银梭，快显示出你的魔力，将这金元宝拆成金丝，织成一个金鸟笼，将白鹤仙女锁进金鸟笼里吧。"

金元宝立刻被吸到小银梭上，被拉出一条细细的金丝，金丝环绕着白鹤仙女飞舞。白鹤仙女变小了，变成了一只雪白的仙鹤，被关在金丝织成的鸟笼里。

尖鼻子老太婆拿着金鸟笼，兴高采烈地叫："哈哈，我可以用这白鹤仙女，把全世界的仙鹤，全召集来，把它们引进我的黑鼠洞。我就可以永远有吃不完的鹤蛋了。"

尖鼻子老太婆的话刚说完，突然，一只白鹤从空中俯冲下来，冲向尖鼻子老太婆手中的小银梭。这是灰豆儿，他想为白鹤仙女夺回宝贝。

尖鼻子老太婆早有准备，一下子闪开，狞笑着说："我早就料到你这个小鬼儿会来这一手。看我怎么治你。"

尖鼻子老太婆将小银梭抛到空中，她恶狠狠地喊："小银梭，快显示你的魔力，将灰豆儿拆成细线。"

小银梭嗖地向灰豆儿飞去。灰豆儿转身想飞跑，可小银梭已触到他的身上。

"嗖嗖嗖嗖……"眨眼间，灰豆儿身上的羽毛被拆得一干二净，连他的裤腿也已拆掉了半个。灰豆儿吓得大叫。

尖鼻子老太婆恶狠狠地叫："快把他的身体也给我拆掉。"

小银梭已触到了灰豆儿的肚皮，灰豆儿疼得大叫一声。就在这时，他的身体内有气流流动，他的身体在闪光。

灰豆儿吃惊地叫："这是怎么回事？"

尖鼻子老太婆也吃惊地叫："这是怎么回事？"

灰豆儿的全身闪光，他兴高采烈地说："啊，我明白了。这是我补天时得到的神力。这种神力只有在我挨打到最厉害的程度时才能发挥出来。"

灰豆儿用手一抓，已将小银梭抓到手中。尖鼻子老太婆见势不妙，吓得转身想飞走。

灰豆儿已将小银梭抛出去说:"把这老妖婆给我拆了。"

小银梭飞了出去,将尖鼻子老太婆翅膀拆掉了。

尖鼻子老太婆惊叫着,她的身体变成一只黑老鼠的影子,黑老鼠的影子也被拆得消失了。从影子里掉出一个小东西来,那是个小遥控器。

灰豆儿又叫小银梭拆散了金丝鸟笼,白鹤仙女正要感谢他,突然,灰豆儿看见了地上的小遥控器,他捡起来看着,大叫一声说:"糟糕,八戒大剩还关在金镲里呢。我得快去用遥控器救它出来,它可别被烤熟了。"说着,嗖的一声飞走,这回,他的爬云可真是快。

小精灵灰豆儿

行空的天马

灰豆儿和八戒大剩在田野中走。

突然，他们听到一阵清脆美妙的声音自云中飘来。

灰豆儿问："什么琴声这么好听?"

八戒大剩说："这不是琴声。"

灰豆儿问："那是什么声音?"

八戒大剩说："是天马行空的声音。快去看，去晚了就来不及了。"

八戒大剩说完，拉着灰豆儿直向天空冲去。灰豆儿是被倒拉着走的。他嘴里嘟嘟囔囔："怎么又本末倒置了? 哪儿有跟着自己的尾巴走的?"

他们穿过了云彩，来到了蓝天之上。

那美妙的声音越来越近。八戒大剩蹦到灰豆儿的肩膀上说："快看，那就是天马。"

灰豆儿顺着八戒大剩指的方向望去。他看见一幅令人惊奇的美妙景象：在蓝蓝的天穹之间，一匹无比漂亮的白马在奔腾，那长长的飘拂着的马尾、那扬起的马鬃、那光滑闪亮的肌肤，都显出它的英俊。它在蓝天上奔驰，时而无声无息，时而马蹄发出清脆的踏玉盘的声音，正是这声音构成了美妙的音乐。

灰豆儿呆呆地看着，直到天马的影子消失在天边，他才忍不住赞美：

"啊，这天马真漂亮！"

"漂亮倒不重要。"八戒大剩说，"重要的是当天马特别舒服。"

灰豆儿赞同地说："是挺好的。它可以在蓝天自由自在地跑来跑去。"

"不，"八戒大剩连连摇头说，"跑并不好，它可以吃，可以吃王母娘娘瑶池边上的灵芝草，可以吃御花园里的仙桃。"

他们俩说着，慢慢地从云彩上降落下来。

忽然，头顶上的清脆马蹄声又渐渐响起，灰豆儿说："那天马又跑回来了。"

灰豆儿只顾说着，不提防从云层中落下一个透明的、翠绿的东西，直向灰豆儿的脑袋砸来。

八戒大剩叫："有东西掉下来了，快闪开。"

灰豆儿急忙往旁边躲闪，可是来不及了。落下来的东西正砸在他头上，砸得灰豆儿眼冒金星，站立不稳，摇摇晃晃地坐在地上。

"妈呀，疼死我了。"灰豆儿龇牙咧嘴地叫。他头上鼓出了一个红红的包。

"这是什么？"八戒大剩从地上捡起落下来的东西看。那是一个翠绿的马掌，像是碧玉做成的，闪着绿莹莹的光。

灰豆儿看着说："好像是个马掌？"

八戒大剩叫："一定是那天马跑得太猛，把马掌跑掉了。"

正说着，翠绿的马掌突然发出咝咝的声音，八戒大剩大叫："不好，这天马用它的马掌当手榴弹来炸咱们来了。"它慌忙把手中的马掌摔了出去。

翠绿的马掌在空中划了一条弧线，落到一处平坦的草地上。

翠绿的马掌在草丛间旋转、闪光，慢慢变大，变成了一个漂亮的小绿房子。

灰豆儿看了，惊奇地说："这小房子真漂亮。"

这时，我们看见天马从云层中落下来，飘进了小绿房子里。

八戒大剩羡慕地说："这天马可真会享福，带着小房子旅行。哪儿像咱俩风餐露宿，日晒雨淋。"

灰豆儿和八戒大剩悄悄溜到小绿房子旁边，向里张望。

他们看见天马在小绿房子里淋浴，清澈的水流从屋顶上洒落下来，落在天马身上，将它洗得更加雪白干净，一尘不染。

灰豆儿说："原来这是天马的淋浴室。"

八戒大剩撇撇嘴说："带淋浴室没劲，要是带个餐厅还差不多。"

它的话刚说完，只见天马拿出一个小操纵器，一按按钮，小绿房子像魔方似的旋转。等停下来时，小绿房子已变成了一个漂亮的餐厅。餐桌上摆放着一大盘水果，还有一大块奶油蛋糕，一个冰激凌。

灰豆儿和八戒大剩在房子外面看着天马吃着蛋糕和冰激凌，看得直吸溜口水。

灰豆儿咂着嘴说："这会变化的小房子真棒，我们要是有一个就好了。"

八戒大剩说："我们也可以有。"

灰豆儿问："哪儿呢？"

八戒大剩说："我们可以向它借。"

灰豆儿问："它就一个，自己还用呢，哪儿能借给咱们？"

八戒大剩肯定地说："它可不止一个房子。"

灰豆儿问："你怎么知道？"

八戒大剩振振有词地说："一匹马有几个蹄子？"

灰豆儿回答："有四个蹄子。"

八戒大剩又问："四个蹄子有几个掌？"

灰豆儿说："四个蹄子有四个掌。"

八戒大剩说："至少有四个掌。因为它一个蹄子绝不会只钉一回掌。往少了说，就算钉三次，三四一十二。这天马也有十二个掌。也就是说它有十二个小房子，咱们借一个还不行？况且，它这马掌还把你脑袋砸了个大包。"

灰豆儿摸着自己的头说："这包现在已经消下去了。"

八戒大剩看看灰豆儿的脑袋，那包真的不见了。八戒大剩凑近了使劲看，那包竟消失得没留下一点儿痕迹。八戒大剩看得直生气，它恨恨地说：

"偏偏需要这包时，它却缩没了。"说着，忍不住敲了灰豆儿的脑袋一下。

灰豆儿的脑袋竟然被它敲起一个大鼓包来。灰豆儿哭丧着脸叫："好疼。"

八戒大剩却喜滋滋地说："好极了，你先忍忍，为了借房子，敲个包是值得的。"说着，它挺着胸，向小绿房子走去。

"别，这样骗人不好。"灰豆儿急忙拉八戒大剩，却没拉住，八戒大剩已进到屋里。没办法，灰豆儿急得在外面转。

突然，他听见八戒大剩在屋里说："真好看。"接着听见天马回答："是挺好看的。"

"这是怎么回事?"灰豆儿奇怪地想，他不由自主地也跑进小房子。他吃惊地发现，小房子里又变了，变成了一个装满书的图书馆。而且这些书都是带彩色画的卡通画报，天马和八戒大剩正抱着一本卡通画报看得津津有味呢。

"你也喜欢看卡通画报?"灰豆儿惊喜地问。

"没人的时候也看一些。"天马不好意思地说，"因为我听别人说，这些都是通俗读物，没多大教育意义。"

"没关系，你看吧。我们不说你，我们也喜欢看。"灰豆儿大方地说。

三个人正在一起聚精会神地看着，突然，天马的一只马掌嘟嘟嘟地响了起来。

灰豆儿忙问："你的这只马掌响了，它也要变小房子吧?"

八戒大剩说："如果变成小房子，可以借给我们。我们做邻居。"

天马抱歉地说："对不起，这只马掌不能变房子，它是我的 BP 机。"说着，它把那只马掌从蹄上摘下来。马掌立刻变成了 BP 机，并且还是汉显的。上面出现了几个字：速去蟠桃园。

"啊，是叫你去蟠桃园吃仙桃吧?"八戒大剩羡慕地问。

天马点点头说："还不太清楚。不过，我得马上去。"说着，他们三个走出了小绿房子。

天马一按小操纵器，小绿房子立刻变成一个碧绿的马掌飞到它的右前蹄上。

天马告别了灰豆儿和八戒大剩，腾空而起，眼看就要飞进云层，突然来个马失前蹄，一下子从空中跌落下来，落在草地上。

"怎么回事？"灰豆儿和八戒大剩大吃一惊，忙跑过去。

天马坐在草地上看着自己的前蹄，皱着眉头说："糟糕，糟糕。"

灰豆儿问："怎么了？"

天马苦着脸说："我这马掌出了问题。它本来是极结实的，什么东西也碰不坏。一定是刚才落下来时，碰到了坚硬无比的宝贝。"

八戒大剩笑道："我知道了，那坚硬的宝贝是灰豆儿的脑袋。刚才他被你的马掌撞了个大包。"

天马吃惊地看着灰豆儿："你的脑袋怎么这样硬？"

这时，天马的后马掌又嘟嘟嘟地连响个不停。

灰豆儿忙告诉它："你的 BP 机又响了。"

天马摘下后马掌一看。上面写着：速去蟠桃园，不得有误。

天马连连说："糟糕，我的腿扭了，可我必须得去，这可怎么办？"

八戒大剩突然说："你不要着急，我们可以替你去蟠桃园。"

天马怀疑地问："你们行吗？"

灰豆儿说："你放心，八戒大剩会三十六变，并且我有时也能蒙着胡乱变一些。"

八戒大剩落到灰豆儿的屁股上说："我们现在就变给它看。"

于是，灰豆儿和八戒大剩一齐摇头晃脑，嘴里叫喊着："变天马。"

灰豆儿变成了一匹马，虽然也是白的，却是又矮又胖，简直是世界上第一胖马。连灰豆儿自己看着地上的影子都不好意思地说："这，这不是天马，是，是地马。八戒大剩，你最好再将我变瘦些。再说，你最好也变得像马尾巴才好。"

八戒大剩这会儿已变成了马尾巴，坠在灰豆儿屁股上。不过，它一点儿也不像马尾巴，又短又粗，还肉乎乎的，倒像是大象的尾巴。

八戒大剩又念咒语，大喊一声："变。"

马尾巴果然变得又瘦又小，像个老鼠尾巴。

八戒大剩兴奋地叫："瞧，我的法术还挺灵。"

灰豆儿却哼哼唧唧："你倒是瘦了些，可我更胖了。"

八戒大剩这才恍然大悟："啊，闹了半天，我的肉都转移到你身上了。没办法了，只能变到这种程度了。那仙桃咱们不吃也罢。"

天马说："不太像也没关系，因为我们天马有时也会些简单的变化。只要你有这块腰牌，把它挂在脖子上，别人都会认为你是天马的。"它说着，取出一块晶莹的玉石腰牌递给灰豆儿。

灰豆儿刚把腰牌挂在脖子上，八戒大剩立刻拽着他往后跑，一面发出声音："快走，快走。去晚了，蟠桃该让别的天马吃光了。"

天马问："你认识玉帝的蟠桃园?"

八戒大剩连连点头说："认识，认识。凡是有好吃的地方，我全认识。"

灰豆儿忙说："你认识路，也应该我在前面。哪有马跟着尾巴跑的? 更何况，我现在不是普通的马，我是一匹天马。"

灰豆儿向天马告别："你先在这里休息一下，等我们去完了蟠桃园，就将这腰牌还你。"

灰豆儿和八戒大剩变成一匹胖胖的矮天马，在天空翱翔。由于他们两个吃蟠桃心切，格外卖力，所以速度比平时快了许多。虽然比不上整个的天马，可也算得上半个天马了。

不一会儿，他们已到了蟠桃园的大门前。只见大门紧闭。

灰豆儿高兴地说："哈，还没有一个人。我们来得最早。"

八戒大剩也跃跃欲试："进去，我们先抢大个的仙桃吃。"

这时，蟠桃园大门慢慢敞开，胖马灰豆儿正要往里进，却被一面肉门迎面挡住。他仔细一看，才发现，不是肉门，而是一个胖人。确切地说，是一个穿盔甲的胖将军。这胖将军也是又矮又胖，和胖马灰豆儿比起来，是棋逢对手，将遇良才。

胖将军问："你，你，是天马?"他有点儿结巴。

胖马灰豆儿忙一伸脖子说："有腰牌为证。"

胖将军说："好，跟我走。"他因为结巴，不愿多费口舌，所以说话格外简洁。

胖马灰豆儿一看自己被胖将军向门外拉，便奇怪地问："去哪里？不是应该去吃蟠桃吗？"

胖将军说："任，任，任务临时改了。"

八戒大剩在灰豆儿屁股后面一听，忙着急地搭话说："怎么改啦？那可不行。"

胖将军奇怪地问："你，你，你的尾巴怎么会讲话？"

胖马灰豆儿只好胡乱瞎编说："抽筋抽的。"他也不由自主地问，"怎么又改了任务呢？原来的任务多好。"

胖将军一听，急得脖子粗了一圈，更加结巴地说："你，你，你，你以为我愿意？我，我还不想去呢。"

灰豆儿问："改成什么任务了？"

胖将军愁眉苦脸地说："去收服黄风怪。"

八戒大剩一听，忙叫起来："这黄风怪可厉害。想当年，我随猪八戒去西天取经时，就遇见过它，差点被它捉去做了红烧肉。"

"就是，就是。"胖将军也连连点头，"我也是不想去。接到命令，我昨天一夜没睡，足足瘦了三圈。"

灰豆儿看胖将军都胖得没脖子了，他心想："瘦三圈，还这么胖，也不知道原来是什么样子。"

八戒大剩对胖将军说："你不想去，正好我们也不想去。咱们还是一起进蟠桃园吃仙桃吧。"

"不成，不成。"胖将军忙拦住胖马灰豆儿，他一着急，说话又结巴了，"玉，玉帝说了，养兵千，千日，用，用兵一时。不去是不行的。"

八戒大剩连声嘟哝："倒霉，倒霉。那真天马吃了千日仙桃，轮到打仗叫咱俩来代替了。"

灰豆儿忙对它说："小声些，别让那胖将军听见了，该知道咱们是假天马了。"

八戒大剩叫："知道了更好，我正不想当呢。"

胖将军问："天马，你在嘀嘀咕咕地说什么？"

灰豆儿慌忙说："我和我的尾巴正准备打仗的事呢。"

胖将军说："对对，是要好好准备准备。你们等着，我去去就来。"他说着转身进了蟠桃园。

八戒大剩兴奋地说："他准是去摘蟠桃去了。最好多摘一点儿，咱们边走边吃。"

灰豆儿也说："要是他带的蟠桃多，咱们吃剩下了，还可以给黄风怪尝尝。说不定它也会被咱们收买过来。"

八戒大剩忙说："剩不下，我全能包圆儿。要用仙桃收买，也先收买我，还轮不到黄风怪。"

正说着，胖将军气喘吁吁地拖着一个大箱子，从蟠桃园里出来。箱子太重，他抬不动，就用绳子拉。

灰豆儿看了，忍不住说："好重的一个箱子。"

胖将军说："还不止一个。"

灰豆儿这才看见，这箱子后面还有一根绳子。绳子后面又拴着一个箱子。

灰豆儿吃惊地叫："啊，两个箱子。"

胖将军说："不止两个箱子。"说着，他又一拉箱子，这箱子后面又拴着一个箱子。他一连拉出了六个箱子。

灰豆儿大吃一惊："怎么那么多箱子？我可不是搬家公司！"

胖将军说："知道，知道。我这是兵马未动，粮草先行。我这也是预备打仗用的。"

八戒大剩忙问："这粮草是指吃的东西吧？"

胖将军说："是吃的。这次我还是带得少呢。以往每次，总要十二个箱子。"他掰着指头算着说，"要四冷、四热、八荤、八素，四大碗、四小碗、七寸碟、八寸碟……"

灰豆儿忍不住笑着说："这哪里是去打仗？简直是去开餐厅。"

八戒大剩厉声说："灰豆儿，你错了！打仗，吃的是第一重要，没有吃的东西，是万万打不了胜仗的。"

八戒大剩说着，又从灰豆儿的屁股上跳起来，问胖将军："你怎么这次只带六个箱子，而不带十二个？难道是怕我们吃你的东西不成？"

"不是，不是。"胖将军笑着，连连摇头说，"我带得少，自有我的主张。这回不同以往，这黄风怪太厉害。我只带六个箱子，路走到一半，就会把食物吃光了。没有了粮食，断了炊，就会不战自败，打道回府。"

灰豆儿听了笑着说："我明白了。闹了半天，你是怕和黄风怪打仗啊！"

八戒大剩笑着说："我倒同意你不战自败的办法，只是这箱子你照样可以带十二个。因为这回咱们是三张嘴同时吃，只要走三分之一的路就会把东西吃光，打道回府。"

灰豆儿皱着眉头想了半天，才算明白是怎么回事。他发现凡是碰到吃的问题时，八戒大剩的脑子是极灵的。

果然，胖将军听了高兴地点点头，又从蟠桃园里拉出了六个箱子。

灰豆儿看着自己被十二个箱子围住，他心里有点儿发愁："这么多箱子，他可怎么驮？"

胖将军倒是熟门熟路。他不慌不忙，从每个箱子下面拉出四个小轱辘，把十二个箱子连成一列小火车，拴在天马的尾巴上——也就是八戒大剩身上。然后，他一骨碌，爬到灰豆儿背上，叫一声："出征。"

灰豆儿撩开四蹄，向前走。

远远看去，胖将军骑矮马，马尾巴上还拉着一列小火车，浩浩荡荡向前进，十分有趣。

灰豆儿走着走着，忽听后面念念有词，回头一看，胖将军正抱着一本大书看。灰豆儿很是感动，心想，这胖将军在行军途中，还不忘学习兵法，真是精神可嘉。

他敬佩地问："胖将军，你看的可是孙子兵法？"

胖将军不好意思地说："不，是大众菜谱。"

灰豆儿奇怪地问："这大众菜谱也能指导打仗？"

"不是打仗，是做饭用的。"胖将军害羞地说，"不瞒你说，我原来是厨师。打过几次仗，也一直是替补队员。这回还是第一次独立作战，心里总有些紧张，我是借看书压压惊。"

正说着，胖将军忽然大叫一声："不好。"他脸色骤变，一下子从灰豆儿背上蹦了下来，骨碌碌地滚到旁边草丛里。头朝里，屁股朝外，像从草地里鼓起一个胖乎乎的肉馒头。

"怎么回事？"灰豆儿东张西望很是奇怪。他看见胖将军转过脸来，眼睛愣愣地向上看着。灰豆儿顺着他的眼光望去，看见空中一片树叶正飘飘悠悠地往下落。

"原来是这树叶把你吓着了。"灰豆儿笑了。他看出胖将军胆太小了，简直有点儿草木皆兵了。

"是，是一片树叶啊。"胖将军不好意思地从地上爬起来，掩饰地说，"我，我还以为是黄风怪送来的战书呢。树叶我怕什么？"他说着，捡起那片树叶，突然又惊叫一声，趴到了地上。

灰豆儿奇怪地问："你又怎么了？"

胖将军脸色灰白，结结巴巴地说："真，真是，是战书。"

灰豆儿接过树叶一看，树叶果然有用黄沙画出的一张怪脸。

"坏了，坏了。"胖将军哭丧着脸说，"咱们还没吃光东西、打道回府，它就提前来了。真是计划赶不上变化。这，这可怎么办？"

灰豆儿说："那咱们就和黄风怪打。"

胖将军哆嗦着说："哪，哪，哪里打得过？你不知道它那黄风有多厉害。"

胖将军上上下下打量着灰豆儿说："你能不能来个马失前蹄什么的？"

灰豆儿不明白地问："那样干什么？"

胖将军说："你一马失前蹄，我从上面摔下来，假装跌伤了腿，还能打得成仗吗？咱们可以立刻撤退。"

"不用马失前蹄了。"八戒大剩在另一边叫，原来它早已离开了灰豆儿的屁股，守着箱子边大吃特吃。十二个箱子已被它打开了六个。

八戒大剩边吃烧鸡边说："你们不要着急，我马上施大法力，把这些食物全弄走，你们便可撤退了。"

八戒大剩说着，突然从口中吹出一股龙卷风，一下子将箱子全卷起来，升上高空，旋转着，不见了。

胖将军看了大为羡慕，对灰豆儿说："你尾巴的法术真棒。"

灰豆儿说："凡是碰到吃的问题，它总是很灵。"

胖将军一本正经地说："我军粮草已断，不宜再战，撤。"说着，他跳上灰豆儿的背，催马便走。

灰豆儿没跑出五步，突然天色晦暗，接着狂风大作。

胖将军大叫："不好，那黄风怪来了。"他刺溜一下从马背上滑下来，转眼之间，已到了马肚子下面，抱住了马肚子。

灰豆儿忙叫："这是怎么回事？这哪儿是人骑马啊？成了马骑人了。"

胖将军哼哼唧唧地说："马骑人算不得什么，乾坤颠倒的事也常有的。"

正说着，一团黄烟自远处滚滚而来。黄烟里现出黄风怪来，模样确实是狰狞丑陋。

黄风怪望着灰豆儿问："你是何人？"

灰豆儿说："我是天马。"

黄风怪问："那胖将军在何处？"

胖将军在灰豆儿肚皮下面哆嗦成一团儿，哼哼唧唧道："你就说我……我不在。"

灰豆儿大声说："胖将军不在。"

黄风怪怀疑地问："你真是天马？这么大肚子的天马我怎么没见过？"

灰豆儿听了心想，俩肚子摞一块了，能不大吗？但这话自然不能和黄风怪讲。他哼哼唧唧辩解道："是不是天马，我有腰牌为证，你还管我肚子大小干吗？"他说着一挺胸膛，想叫对方看清自己脖子上挂的腰牌。

灰豆儿这一挺，可坏了事，一下子把胖将军从自己肚子上挺下来，叫黄风怪看得清清楚楚。胖将军赶快重新躲到胖马灰豆儿的肚皮底下，可已经晚了。

黄风怪兴奋地大叫："哇！你躲在这儿。你既然躲起来，就一定是怕我。我要显显本领叫你更怕。"它说着，呼地喷出一口黄风。

这黄风来得确实猛烈，像一股黄流，呼啸着，直向灰豆儿扑来。灰豆儿想躲已经来不及了，在黄风马上就要触到他脸上的一瞬间，灰豆儿被一股力量甩向一边。原来是胖将军拉着他往一边滚的。灰豆儿万没想到，胖将军躲闪得倒是挺快。

等灰豆儿滚到旁边的草地上一看，黄风吹过的地方，满树的叶子全一干二净，更奇怪的是，树上的一只松鼠，竟被吹掉了全身的毛，成了粉乎乎、光秃秃的肉蛋。

"哇！好厉害。"灰豆儿看了倒吸一口凉气。

黄风怪得意地说："我这第一吹，叫'寸草不留'，叫你们躲过了。可第二吹就不客气了，这第二吹是'刀子风'，吹过去，可就要削皮去肉了。"说着，又是呼地吹出一股黄风。

这黄风来得更快更猛，里面还带着许多亮闪闪、小飞刀似的东西。

胖将军抱着灰豆儿又是一滚，这回躲得更快。那黄刀风滚滚而过，连他们身上一根毛也没沾着。

灰豆儿忍不住高兴地叫："哇！躲得好快。你要是这么连续地三滚五滚，就可以离它远远的，让它追也追不上。"

"对呀，我怎么没想到。"胖将军兴奋地一蹦。

他们俩只顾高兴，没想到，黄风怪吹出的风却连续不断，第一股刀风刚过，第二股刀风又来了。等风都挨到了灰豆儿和胖将军的屁股，他们才想起来躲闪。

胖将军大叫一声，滚到一边，发现自己的裤子都被削掉了一块，露出了屁股。

灰豆儿发现自己的屁股挨了刀风，却开始亮闪闪。他马上想起，他的身体被注入过神力，挨打挨到最厉害时，会产生神奇的反弹力。刚才他挨的这一击还不够足，所以屁股只是闪光，并无神力发出。所以灰豆儿故意大声对黄风怪说："就这破黄风啊，小菜一碟，你再来呀！"

黄风怪果然被激怒了，它大吼着："这回叫你们尝尝我的'灭绝风'。"说着它猛一吸气，把嘴巴鼓得大大的。

胖将军忙对灰豆儿说："快跑！"

可灰豆儿却拉住胖将军说："再离黄风怪近些。"

胖将军着急地叫："你真是疯了。"他想赶快躲开，可是他的身体被灰豆儿紧紧抱住，怎么也躲不开。

灰豆儿正想把自己的想法告诉他，却见胖将军不知从什么地方拿出两把雪亮的小刀片来。灰豆儿吓了一跳。

还没等灰豆儿明白是怎么回事。"刷刷刷刷！"只见一片白光，他已经和胖将军分开了。两个人身上全丝毫无损。

灰豆儿吃惊地问："你是用小刀把咱俩分开的？"

胖将军点点头说："我是用做刀削面的方法。"

灰豆儿兴奋地说："啊，你有这样厉害的神刀，为什么不用来打仗？"

胖将军一愣："打仗？行吗？"

灰豆儿说："至少你可以试试。"

正在这时，他们听见背后一阵呼啸，那黄风怪已用足了力气，喷出一股黑风来。

这黑风来得十分古怪，竟旋成了一个圆圈，把灰豆儿和胖将军包在了里面。

"哈哈哈哈！"黄风怪狂笑着说，"这回看你们怎么逃？"

灰豆儿对胖将军说："快把这黑烟当成'刀削面'。"

胖将军挥起两把小刀，"刷刷刷刷……"竟把黑烟削成了碎片，从烟团里面冲了出来。

黄风怪看了大吃一惊："啊？他用的是什么宝贝，这么厉害？"

胖将军却兴高采烈："哈，没想到，这做饭的手艺还能打仗。"

黄风怪大怒："叫你看看我最最厉害的黄风。"说着，从它的口、鼻、耳同时喷出五股黄风，如同五道利箭，直向胖将军射来。

灰豆儿急忙叫："快把这黄风也当成'刀削面'。"

110

胖将军却连连摇头说："错了，这种细长条的，倒可做成'龙须面'。"

说话间，那五股黄风早已到了跟前。也不知胖将军使的什么手法，反正是轻轻一抓，已将那五股黄风抓在手里。他左一抻，右一拽，连甩几甩，竟将那黄风抻成了许多细细的龙须面。

黄风怪带着哭腔大叫："糟糕，我的宝贝全被他毁了。"

胖将军眉开眼笑："没想到，我的本领这么大。"

这时黄风怪突然化成一团风，灰豆儿急忙叫："留神，它想逃跑。"

胖将军笑着说："放心，它跑不了。我做'盘丝面'的绝技还没使出来呢。"胖将军一伸手，隔着三丈远，就把黄风怪抓了过来。他用手又抻又拧又转，等他停下手来时，黄风怪已成麻花了。

灰豆儿看了，忍不住夸赞说："没想到你的本领这么棒。"

胖将军不好意思地说："我自己也想不到呢。我原来胆太小了，现在我才算看到了自己的实力，这还真要感谢你呢。再见了，我要到玉帝那里复命去了。"

灰豆儿说："我也得到真天马那里，把腰牌还给它。"

这时，空中突然响起八戒大剩的声音："灰豆儿，你着什么急啊？既然咱们已替那真天马打了胜仗，还不趁机到蟠桃园里吃够了大仙桃，再将腰牌还给那真天马。"

灰豆儿笑道："你说的也是。只是，你已经吃了那么多东西，肚皮还能装得下吗？"

此时，吃了十二箱子食物的八戒大剩肚皮已经像个鼓鼓的大圆球。它哼哼唧唧地说："管他能不能装下，我先吃了再说。"

小精灵灰豆儿

神秘的铜鼎

灰豆儿和八戒大剩看见一条大鲸鱼。

这条鲸鱼很大，大得像一座小山。并且它不是在海里，而是在沙滩上。

这是灰豆儿在海边的金色沙滩上欣赏美景时发现的。大鲸鱼已经奄奄一息了。

灰豆儿说："看来这条大鲸鱼迷了路。"

八戒大剩说："它是属于国际保护动物，我们应该把它送回大海里去。"

灰豆儿说："说的是。你变成一条绳索，拴在它的尾巴上。我把它拉回大海里去。"

八戒大剩奇怪地问："它那么大个儿你拉得动它？"

灰豆儿笑道："我大小也是个妖精，多少也会点魔法。只不过平时不愿显露就是了。"

八戒大剩叫声"变"，变成一条绳索系住了大鲸鱼的尾巴。

好个灰豆儿，卖弄精神，也大声叫："变头大黄牛。"

他真的变了，但只变成了一条牛腿。灰豆儿哼哼唧唧："不行，功夫还没到家。"

八戒大剩却说："变成牛腿也不错。牛腿是腱子肉，做酱牛肉好吃。"

灰豆儿一听，慌忙变回原形，拿起绳索就往大海的方向拉。他使足了力气，真的将小山似的大鲸鱼拉动了两步。

灰豆儿欢喜地叫："拉动了，我拉动了。"他低头向前跑，越跑越快，拉着大鲸鱼一直向大海跑，眼看海水一点儿一点儿都快没到他的脖子。灰豆儿对自己说："我不怕，我可以游着泳拉它。"

灰豆儿在水中游起了狗刨的姿势，还真的拉着鲸鱼到了海里。他喘着气说："这回鲸鱼有救了。八戒大剩快松开绳索！"

灰豆儿的话还没说完，他突然被拉得向后猛退，快得如同利箭。还没等他明白过来，他已被拉回到原来的地方。

八戒大剩也恢复了原来的模样说："这是条傻鲸鱼，它又冲回来了。看样子它非要晒成鱼干不可。"

这时，突然响起一个古怪的声音："我愿意晒成鱼干，你们管不着。"

八戒大剩吓了一跳："这鲸鱼在说话，而且说咱们管不着。"

"是的，你们快滚，快离开我。"那个古怪的声音又说。

八戒大剩生气了："咱们帮助它，它还骂咱们。走，咱们不理它。"它拉着灰豆儿就要走。

"咱们一走，它就会被晒死的。"灰豆儿同情地说。

"晒死也是它自愿的。"八戒大剩恨恨地说。

"对，我就自愿晒死，你们快滚吧。"大鲸鱼又在说。

灰豆儿拉住了八戒大剩，说："你等一等。"

八戒大剩说："还等什么？它都叫咱们滚了。"

灰豆儿说："不，好像不是鲸鱼在说话，是它的肚子在说话。你看，它的嘴巴闭得紧紧的，它的肚子却在动呢。"

八戒大剩奇怪地问："它的肚子怎么还会说话？"

灰豆儿说："我们最好到里面去看看，也许里面有什么东西。"

"我肚子里什么也没有，不许你们看！"那古怪的声音使劲喊。

这回，八戒大剩也听清楚了，肯定是鲸鱼肚子里发出的声音。它使劲喊："越不让我们看，我们越要看。"

八戒大剩对灰豆儿说："我变成一根柱子，支住鲸鱼的嘴，你到它的肚子里去看看。"

灰豆儿小声说:"把你那九齿钉耙借我一用。我怕里面有灰衣人。"

八戒大剩变成柱子,将大鲸鱼的嘴巴支起。灰豆儿小心翼翼地爬了进去,他顺着鲸鱼的喉咙一点儿一点儿往里走。忽然,他看见前面又有一个张开的大嘴,把路封得死死的。

"这里怎么还有一张嘴?"灰豆儿奇怪地自言自语。

"凡是鲸鱼都有俩嘴,一个在肚皮里面,一个在肚皮外面。难道你不知道?"那大嘴巴哼哼唧唧地说。

"可你这嘴,怎么这样眼熟?我好像在哪儿见过?"

"绝对没见过,你快钻吧。"大嘴巴不耐烦地说。

灰豆儿说:"你等着,我这就钻。"他悄悄地拿出八戒大剩的九齿钉耙,伸到大嘴巴里。

"啪!"大嘴巴猛地一下闭上,正好咬住了九齿钉耙,疼得它马上就松开了。

"哎哟,硌了我的牙了。"大嘴巴喊着,现了原形,原来是大嘴怪。

灰豆儿笑着说:"我早就看出你来了。"他抡起九齿钉耙就打。

大嘴怪慌忙转身向大鲸鱼肚子里跑,灰豆儿拿着九齿钉耙在后面追。大嘴怪跑到鲸鱼的肚子中间,把一个东西含到嘴里,又转身向灰豆儿冲来。

灰豆儿以为它又拿了什么新式武器,慌忙闪开。大嘴怪却从他身边擦过,直冲向鲸鱼的嘴部。

"快截住它!"灰豆儿这一喊,大嘴怪跑得更快。它的大嘴正好撞在八戒大剩变成的柱子上。

只听当啷一声,八戒大剩被撞得现了原形。一个铜鼎也从大嘴怪的嘴巴里滚落出来,落在沙滩上。

"妈呀,我的宝贝!"大嘴怪扑向铜鼎,眼看就又要咬住铜鼎了。

灰豆儿抡起九齿钉耙正好打在大嘴怪的头上。大嘴怪疼得大叫一声,丢下铜鼎,一阵风似的逃走了。

大鲸鱼感激地向灰豆儿点点头,又向铜鼎点点头,慢慢地退向海里。

八戒大剩说："原来这鲸鱼不傻，它故意来到沙滩上，是想让我们救它。"

灰豆儿捡起沙滩上的铜鼎，才发现这是一个铜鼎形状的锅，上面还雕刻着古色古香的花纹。

八戒大剩问："这是什么东西？"

灰豆儿说："好像是一口古代的锅。是大嘴怪从鲸鱼肚子里拿出来的。"

八戒大剩问："大嘴怪到鲸鱼肚子里就是为了拿这个东西？"

灰豆儿说："我想，它可能是个宝贝。"

八戒大剩说："这个锅会是什么宝贝呢？它会变好吃的？我来试试。"

八戒大剩举着铜鼎大叫："烧鸡来，烤鸭来。"

它刚喊完，一股海浪兜头浇来，将八戒大剩浇成个落汤鸡，铜鼎里也落了许多水。原来这股水流是从大鲸鱼的鼻孔里喷出来的。它还没有走远，正在离沙滩不远的海水里望着他们。

八戒大剩生气地说："这鲸鱼真是忘恩负义，咱们救了它，它还用海水浇咱们。"说着生气地把铜鼎扣在沙滩上。

"也许，它不是故意的。"灰豆儿从地上捡起铜鼎说。

他的话刚说完，大鲸鱼从远处又用鼻子喷出一股水流，浇在灰豆儿的身上和铜鼎里，灰豆儿也成了落汤鸡。

"这回总该是故意的吧？"八戒大剩幸灾乐祸地问。

灰豆儿看大鲸鱼，大鲸鱼向他连连点头，然后转身游向大海深处。

"它这是什么意思呢？"灰豆儿皱着眉头，望着铜鼎里的海水，猜测地说，"也许它刚才根本不是浇咱们，而是告诉咱们，应该往这铜鼎里放上海水？"

八戒大剩也恍然大悟："有道理，你猜得有道理。说不定，用这铜鼎一煮海水，就会冒出许多美味的海鲜来。我们可以试试。"

灰豆儿和八戒大剩找来许多树枝，就在沙滩上点起篝火，把盛着海水的铜鼎架在篝火上，烧了起来。

烧了一小会儿，八戒大剩便向铜鼎里看，自言自语地说："怎么连个小虾米都没有?"

灰豆儿说:"这么短时间,水还没热,怎么会来海鲜呢?"

八戒大剩说:"你说的也是。再多加些柴火,把火烧旺点儿,就会有海鲜了。"它又往篝火里塞了一把木柴。

突然,有两只小虾不知从哪儿蹦出来,蹦到八戒大剩的头上。八戒大剩高兴地叫:"嘿,刚放上木柴就来小虾了,要是烧旺火,大对虾也会来。"

灰豆儿说:"这小虾不是从铜鼎里出来的。"

八戒大剩问:"那是从哪儿?"

灰豆儿向海边一指说:"你看。"

八戒大剩转脸一看,只见有许多小鱼小虾从大海里往岸上蹦,有许多小螃蟹往岸上爬。

八戒大剩说:"这是怎么回事?"

灰豆儿说:"好像大海里出了问题,你看那海水。"

果然,海面上弥漫着气体,更多的大鱼、大虾往岸上蹦。突然,他们看见一个大海龟从海里爬出,一到沙滩上,就站立起来,像人一样走路,只是走起来摇摇摆摆。更奇怪的是,它还戴着一顶县官帽。

灰豆儿看着说:"这个海龟可有点儿不同凡响。"

八戒大剩也说:"没错,据我估计,它在海底龙宫里,至少是个部长级的干部。"

说话之间,大海龟已慌慌张张地跑到他们跟前,连连作揖说:"我是龙王派来的龟丞相。"

八戒大剩忙问:"是请我们到龙宫里去做客?"

龟丞相连连点头说:"请是一定要请的,只是现在,请求二位大仙千万别烧这铜鼎了。再烧,连我们龙王爷都得成熟的了。"

八戒大剩奇怪地问:"我们烧这铜鼎,与你们有什么相干?"

龟丞相苦着脸说:"二位大仙不知,这铜鼎是龙宫的镇海之宝,但两百年前突然失踪。用这铜鼎只要一煮海水,整个大海的水都会被加热;这铜鼎的水要是烧开了,整个大海的水也会跟着沸腾。你们看,这大海都快沸腾了。"

灰豆儿和八戒大剩转脸一看，整个大海变了颜色，海浪滔天，真的要沸腾了。

灰豆儿再一看铜鼎，里面的海水也在冒泡。他慌忙撤掉铜鼎下燃着的柴火。说也奇怪，大海的水立刻平静下来。

灰豆儿又试着把铜鼎里的海水倒掉，大海立刻恢复了原来美丽的颜色。

灰豆儿看着，不由得吸了口气说："哇，看来这铜鼎果然是个厉害的宝贝。"

龟丞相跪在地上说："二位大仙，如能将这铜鼎还给龙宫，我们龙王愿意将龙宫的其他宝贝都送给你们。"

灰豆儿说："既然这宝贝本来就是龙宫的，我听说人间有一句话叫'拾金不昧'，就是捡了东西要还人家，什么报酬也不要。你把铜鼎拿走吧，我们什么也不要。"

八戒大剩忙说："对，我们什么也不要，只要些吃的东西。我们已多日没吃到好东西了，肚子里缺少油水。"

龟丞相笑嘻嘻道："这个没问题，吃的东西我们龙宫有的是。"说着，一张嘴，从里面飘出一股风来，风中带着各种各样的好吃的东西。

灰豆儿看着不由得一愣，他觉得这种情景好像在哪儿见过。

八戒大剩却眉开眼笑，急匆匆地把各种各样的美味食品抓过来，边吃边说："真香，真香。"

嚓的一闪亮，原来龟丞相手中拿个古色古香的照相机，给八戒大剩和灰豆儿照了相。

灰豆儿奇怪地问："这是干什么?"

龟丞相笑眯眯地说："因为二位是拯救我们龙宫的大英雄，所以我要给二位照张相，拿回去挂在我们龙宫里，每天磕头烧香。"

八戒大剩高兴地说："哈，这回我们也尝尝当英雄的滋味。不过，你要记住，烧香时要在供桌上多放些好吃的东西，别让我的照片饿着。"

龟丞相连连点头说："我们一定要多放些生猛海鲜，保您饿不着。"说着拿起铜鼎，顶在头上，转身就往大海里跑。

龟丞相头顶着铜鼎摇摇晃晃地跑着，偶尔回头贼眉鼠眼地向后偷看一下。趁灰豆儿和八戒大剩不注意，它突然一下子趴下，钻到旁边沙土下面的一个洞里。

洞里也有一个龟丞相。但这个龟丞相却没戴官帽，甚至没有龟壳，像个光蛋蛋，并且被绳索紧紧捆着。

跳进洞的龟丞相一把摘掉头上的官帽向光蛋蛋龟一扔说："还给你。"它又一下子从龟壳里钻出来，变成大嘴怪的模样。

大嘴怪把龟壳也扔给光蛋蛋龟，说："这个也还给你。嘻嘻，我全用不上了。"

大嘴怪说着，兴冲冲地拿着铜鼎和照相机溜出了地洞。

在一处偏僻的废墟里，大嘴怪在地上支起了铜鼎，在铜鼎下放了许多木柴。它又拿出了照相机，打开盖子，从里面取出两个小玩偶来，一个是灰豆儿的模样，一个是八戒大剩的模样。

大嘴怪得意地自言自语："从天宫偷来的这立体照相机可真不错。哈哈，那两个傻瓜一点儿也不知道，我把他们的样子都照来了。一会儿，我把这两个小玩偶放在宝鼎里一煮，他们就该知道我的厉害了。"

大嘴怪在铜鼎里倒上海水，燃着铜鼎下面的木柴。火焰烧得很旺，一会儿，铜鼎里的水就沸腾了。

大嘴怪把两个小玩偶放进沸腾的铜鼎里，得意地说："哈，那两个家伙马上就会受不了啦。"

在另外一处的草地上，八戒大剩突然脱离了灰豆儿的屁股，一下子弹起来，大叫："啊，烫死我啦。"

灰豆儿奇怪地问："你怎么啦?"

八戒大剩一边蹦一边叫："好烫啊，好烫啊! 我觉得浑身烫极了。你不觉得热吗?"

灰豆儿说："我觉得一点儿也不热啊?"

八戒大剩说："可你的身体都变红了。"

就在这时，他们发现，旁边的大海又开始沸腾起来，许许多多的鱼虾纷纷从大海里逃出来，往沙滩上蹦。

灰豆儿看着，吃惊地说："啊，有人又用那铜鼎煮海水。"

八戒大剩蹦着，恨恨地说："一定是那龟丞相干的，它骗了我们。"它的话刚说完，从旁边的一个沙洞里，狼狈不堪地滚出龟丞相来，它还被绳索捆着。

八戒大剩怒气冲冲地骂道："快把铜鼎交出来。"

龟丞相哆哆嗦嗦地说："铜鼎让大嘴怪夺走了，它还用立体照相机照出了和你们一模一样的小玩偶。现在大嘴怪一定在煮海水，并且把小玩偶也放在铜鼎里了。"

在废墟里，大嘴怪正往铜鼎下面猛加木柴，让火燃得更旺。它得意地叫："这回我要把整个龙宫，把那灰豆儿和八戒大剩全都煮熟了不可。"

在海滩上，八戒大剩跳得更厉害了，它痛苦地叫："哇，我都快被煮熟了，我都快发出红烧肉的香味了。不行，我非要找到大嘴怪，把那铜鼎打碎了不可。"它跳到空中，抢起九齿钉耙，落下来，啪地打碎一大块礁石，但它自己也痛苦得在地上呻吟。

灰豆儿望着八戒大剩和周围越来越多蹦跳的鱼虾，又望望自己，他奇怪地自言自语："怎么我就一点儿不怕烫呢？"他说着，突然发现自己的屁股亮亮的，像个萤火虫。他恍然大悟说："我明白了。我的屁股补过天，受过锻炼了。所以，不怕热了。"

灰豆儿对八戒大剩说："你在这里等着，我这就去找大嘴怪。"

他拿起九齿钉耙，爬云到空中，东张西望。望见那边树林后面，升起一缕缕炊烟。他急忙爬云过去，果然看见大嘴怪在下面烧火。

大嘴怪一边往铜鼎下添木柴，一边兴致勃勃地说："现在，他们一定被煮得动不了啦。"

"疼啊，疼啊！我都动不了啦！"灰豆儿突然大叫着，从空中跌下来，掉在铜鼎旁边，龇牙咧嘴地呻吟。

大嘴怪看见灰豆儿的身体变得亮亮的，它兴奋地说："这家伙身体都被我煮亮了，干脆我把这小妖精扔到铜鼎里煮化了。"

大嘴怪说着，抓起灰豆儿扔到铜鼎里。灰豆儿一落到里面，身体立刻变小了许多。

灰豆儿在铜鼎里大声叫："天哪，我的腿被煮化了。"

大嘴怪在铜鼎外面高兴得手舞足蹈。

"天哪，我的手和胳膊也被煮化了。"灰豆儿在里面小声叫着，他的脑袋浮出水面呻吟，"就只剩下我的脑袋了。"

大嘴怪兴高采烈："我再把火烧旺点儿，你的脑袋也会没的。"

灰豆儿的脑袋没到水里了，铜鼎突然静下来，没有一点儿声音。

大嘴怪奇怪地自言自语："咦？怎么这样快就没声了？"它向铜鼎里看，看不见灰豆儿，大嘴怪凑到铜鼎边上，把头伸得更向前，说，"哇，真的被煮化了。"

大嘴怪的话还没说完，灰豆儿突然从铜鼎里蹦起，抡起手中的九齿钉耙，啪的一下，将大嘴怪打到了铜鼎里，自己却升到了空中。他手里还抓着两个小玩偶。

"烫死我啦!"变小的大嘴怪在铜鼎里怪叫，挣扎着，想跳出来。在空中的灰豆儿却又一钉耙，将大嘴怪打到水中。这样打了数回，大嘴怪沉到了铜鼎的水中，没有了声音。

灰豆儿从空中落下来笑说："你想用我刚才的办法再骗我，我才不上你的当呢。"正说着，忽然见八戒大剩从树林另一边飞来，看见灰豆儿叫："我的身体不烫了。"

灰豆儿笑嘻嘻道："我把像咱们俩模样的小玩偶从铜鼎里拿出来了。"

八戒大剩看着铜鼎说："啊，铜鼎在这儿。大嘴怪呢？"

灰豆儿向铜鼎一指说："在这里面呢。"

八戒大剩向铜鼎里一看，大嘴怪果然在铜鼎底部躲着呢。八戒大剩恨得咬牙切齿，它从灰豆儿手中抓过九齿钉耙，看着水里的大嘴怪，嘴里骂道："吃我一耙!"

八戒大剩抡足了劲儿，向铜鼎里打去。它忘记了大嘴怪在里面已经变小了。

大嘴怪竟然幸运地从钉耙的齿之间漏过。

啪的一声，九齿钉耙把铜鼎底部砸出了九个眼儿。只听轰隆一声巨响，铜鼎变得像山一样大。从九个洞里，流出九股喷泉，变得非常美丽壮观。

灰豆儿吃惊地说："这水怎么流不完啊？"

刚赶来的龟丞相说："这铜鼎里装的是半个海的海水，当然流不完了。"

灰豆儿不好意思地说："对不起，你们的镇海之宝被我们打漏了。"

龟丞相说："我们整个龙宫还应该好好谢谢二位大仙呢。你们打漏这铜鼎，不光是解决了我们海族的后顾之忧，还给增添了九股温泉这一美景。"

此刻，八戒大剩正在一股泉水下，痛快地淋浴呢。

灰豆儿问："舒服吗？"

八戒大剩说："舒服极了，水是温的。"正说着，它头顶上的那一眼泉水突然不流了。八戒大剩奇怪地说："怎么不流水了？难道被堵住了？"它刚要仰脸向上看，一个大东西连同泉水一起从上面冲下来，将八戒大剩砸了个大跟头。

八戒大剩定睛一看，是大嘴怪。它生气地大叫："哇，是你这个坏东西。"

大嘴怪腾云便跑，它跑得飞快，八戒大剩想去追，却被放在一边的九齿钉耙结结实实地绊了个大跟头。

小精灵灰豆儿

醉酒的神

灰豆儿带着八戒大剩在空中慢慢爬云。灰豆儿只顾低头奋力猛爬，虽然速度极慢，他动作仍然一丝不苟。

灰豆儿流着汗水问："八戒大剩，你看我练了这么久，爬云的速度有没有提高？"

八戒大剩大大咧咧地说："爬的速度虽没提高，云彩却是高了。"

灰豆儿不明白："你这话是什么意思？"

八戒大剩笑嘻嘻道："你抬起头来看，就明白了。"

灰豆儿真的听话地抬起头来。他看见前面很远的地方，有一片云真的高高长起，像一堵高墙。

灰豆儿用眼睛看着，老老实实地说："云彩是高了，这云彩好像有些特别。"

灰豆儿的话没说完，那云彩已开始变化，变成一个胖乎乎的老头的样子。那眉毛、眼睛都很清楚。尤其是鼻头，又大又圆，还是红红的。那人形云彩晃晃悠悠，摇摇摆摆，好像在向他们做鬼脸。

灰豆儿慌张地说："可别是妖怪？"

八戒大剩笑说："你不就是小妖怪吗？怎么也怕起妖怪来了？"

灰豆儿不好意思地说："我给忘了。"

这时，八戒大剩仔细地看着胖乎乎的老头云彩，高兴地说："好事来了，好事来了。"

灰豆儿笑着问："什么好事？是不是又发现什么好吃的东西了？"

八戒大剩说："你怎么瞧不起人？难道我眼里就老只盯着吃的？就不能高雅一回？告诉你，那云彩使我想起了一位老朋友。一定是他。快去，快去！快去找他。"

八戒大剩说着，已变成一个风扇，在灰豆儿屁股上向后猛吹风，使得灰豆儿风驰电掣般地向前。

灰豆儿边腾云，边说："着什么急呀？"

八戒大剩一边呼呼吹风，一边说："这你就不明白了。俗话说：'有朋自远方来，不亦乐乎？'我那朋友一高兴，肯定会给咱们好吃的。"

灰豆儿笑着说："绕着绕着，又绕到吃上来了。这叫万变不离其宗。"

八戒大剩正色道："你又错了。我这朋友是位好神仙，他在一个叫'瓜果谷'的地方掌管春夏秋冬四季的变化，把那地方管得好极了。一年四季风调雨顺，葡萄长得像西瓜，西瓜长得像房子。一粒芝麻切两半，能做俩沙发。"

说话间，两个人已到了那人形云彩前。只见那云彩形的胖老头晃晃悠悠得更厉害了，仿佛站都站不稳了。他的鼻头也越来越红得发亮。

灰豆儿迷惑地指着胖老头云彩问："这就是你的那位神仙朋友？"

八戒大剩说："这是他搭的玩具。他没事时，常把云彩当橡皮泥捏着玩。"

八戒大剩的话没说完，胖老头云彩突然倒下来，摔散了。向灰豆儿压来，把灰豆儿和八戒大剩一齐压落到地上。

灰豆儿坐在地上，揉着摔疼的脑袋说："你看，你这神仙朋友有点儿迷糊。"

八戒大剩说："等你看到房子大的西瓜，你就会明白你自己说错了。你看这里绿草如茵，风景多好。"

这时，一闪亮光，本来晴碧如洗的蓝天，突然一下子阴云密布。

灰豆儿哆嗦着说："好冷，好冷。"

天空突然下起雪来，而且雪花特别大，大如席，一片片落下来。一片片大雪花落在灰豆儿和八戒大剩身上，他们的身体从大雪花上冒出，一齐哆嗦着说："好冷，好冷。怎么一下子变成冬天了？"

又是一闪亮光，天空突然赤日炎炎。

灰豆儿和八戒大剩身上冒着热气，一齐惊叫："哇！又变成夏天了。"

天空再一闪亮，突然暴雨如注。

灰豆儿和八戒大剩被浇成了落汤鸡，睁不开眼地说："哇！又下大雨了。"

他们的话还没说完，一股龙卷风又刮来，将他们两个卷上天空。

龙卷风中有雨、有雪、有冰雹，灰豆儿和八戒大剩浑身都包上了一层冰，冻成了冰棍。

他们从空中掉在了地上，两个人身上的冰都摔碎了，狼狈不堪地从地上坐起来。

地上的草木经历了这样的摧残，也已凋零，一片狼藉。

灰豆儿哭丧着脸问八戒大剩："你那位神仙朋友就这样掌管四季啊？"

八戒大剩哼哼唧唧："肯定有妖怪夺了我那位神仙朋友的权，故意捣乱。"

这时，它身旁的一块土在动。

八戒大剩忙变出九齿钉耙，抡得高高的，口里喊道："说妖精，妖精就来了。"

那块土地被掀开了，露出个洞来，从洞里传出声音："别打，别打。我们不是妖精，是普通老百姓。"

随着话音，从洞里钻出一串老老少少、男男女女来。

灰豆儿问："你们为什么躲在地洞里？"

一个农夫说："这里老这么乱变天，一个月要变一千多次，我们只能住在地底下才安全。"

八戒大剩问："你们这里不是风调雨顺，西瓜比房子还大吗？"

一个农妇说："那是过去的事了。我们这儿倒是有一位好神仙，过去特好。可自从去年，他不知从哪里弄来一个酒坛，那酒坛也怪，老往外冒酒。这神仙整天喝得醉醺醺的，他乱拨四季时钟，弄得春夏秋冬四季乱变。"

正说着，老百姓中一阵乱喊："不好，来了，来了!"

老百姓都急急忙忙地往地洞里钻。八戒大剩也赶忙跟在后面向里钻。

灰豆儿忙叫住它："你干什么也往里钻?"

八戒大剩说："躲雪花，躲冰雹啊，你还想被冻成冰棍啊?"

灰豆儿说："那位神仙不是你的朋友吗? 你应该劝劝他呀。"

八戒大剩恍然大悟："对对，不光要劝，我还得管他。不瞒你说，我那位神仙朋友最听我的话了。"

老百姓都躲进地洞里，把洞口也盖上了。

灰豆儿闻到了一股酒香，他不由得吸溜着鼻子。旁边的吸溜声更响，那是八戒大剩发出来的。他们一齐向前看。

他们看见一种令人惊奇的情景：一个胖乎乎的红鼻头神仙，晃晃悠悠，脚步歪歪斜斜地走。他笑眯眯地晃着脑袋，用眼睛和嘴巴一齐追着在空中飘浮着的一个酒坛。

那雕着花纹的、古色古香的酒坛，在他头顶上空轻悠悠地飘着，忽而向左，忽而向右。红鼻头神仙的嘴也跟着忽而向左忽而向右。在他身后，一群被酒香引来的蝴蝶、蜜蜂也跟着忽而向左忽而向右。

从空中飘的酒坛里，喷出飘带一样的酒，飘向红鼻头神仙的嘴巴。

红鼻头笑眯眯地大喝特喝，嘴里醉醺醺地叫："好酒，好香的酒。"

灰豆儿问八戒大剩："这红鼻头仙醉得这么厉害，你能劝劝他吗?"

"没，没，没问题。"八戒大剩回答着，声音却有些结结巴巴。

灰豆儿转脸一看，八戒大剩在那儿晃晃悠悠，似乎有些站立不稳，并且鼻子吸溜得嗖嗖地响。

灰豆儿问："你怎么晃晃悠悠的?"

八戒大剩说："你不是也在晃晃悠悠的吗?"

果然，灰豆儿发现自己也在晃悠。

"不好，这酒味太大。"灰豆儿说着，忙从地上捡起两片碎花瓣塞住自己的鼻孔，又捡起另外两片大花瓣正想递给八戒大剩。

八戒大剩已忽忽悠悠地飘过去，飘到了红鼻头仙的面前。

红鼻头仙望着八戒大剩，结结巴巴地说："八……八……八戒大剩，哪阵儿风把你吹来的？"

八戒大剩说："是，是酒风把我吹来的。"

红鼻头仙说："这酒真好……喝……喝。"

八戒大剩说："我……不……不喝。"

灰豆儿听了高兴得忍不住叫："八戒大剩，有志气。"

不料，他的话还没说完，就听见八戒大剩又继续结巴着："我不喝……喝太慢，我……我吸。"

八戒大剩说着，嗖的一声，飞到飘在半空的酒坛边上，头部变成一根透明吸管，伸到酒坛里，吸起酒来。一眨眼的工夫，它肚皮已吸得鼓鼓的，像个酒囊。

喝得醉醺醺的八戒大剩和红鼻头仙一齐坐到地上。

八戒大剩迷迷瞪瞪地指着红鼻头仙问："你是谁？"

红鼻头仙醉醺醺地说："我是你呀。"

八戒大剩想想说："不对，不对。你要是我，我是谁呢？"

红鼻头指着灰豆儿结结巴巴地说："那你就是他。"

灰豆儿哭笑不得地说："连自己是谁都不知道了，真是一对酒鬼。"

灰豆儿望着八戒大剩的样子，叹口气说："没有劝好人家，自己倒醉了。看样子还得我自己干了。"

那古怪的酒坛还在半空悬着。灰豆儿从地上捡起一块石头，瞄准了，用力向酒坛砍去。

当啷一声，石头正好砍在酒坛上。

酒坛一点儿没碎，石头却被反弹回来，直飞向灰豆儿。灰豆儿忙一低头，眼见石头从他头皮上擦过，他松了口气。

不料，飞过去的石头在他后面，划了个弧线，又飞回来，正好敲在灰豆儿的后脑勺上。敲得灰豆儿眼睛乱冒金星，后脑勺起了个大包。

灰豆儿龇牙咧嘴捂着脑袋，说："一定是这石头有问题，我再换一块试试。"

灰豆儿又从地上拿起一块更大的石头，退后几步，加上助跑。嘴巴里使劲说："这回我非把它砍碎了不可。"

嗖的一声，石头又被掷了出去。可打在酒坛上，连个声音都没有，又被弹了回来，而且又是向着灰豆儿飞来。

灰豆儿转身就跑，眼看要被石头追上，灰豆儿急忙一转弯。不料，石头像长了眼睛，也跟着转弯。灰豆儿忽左忽右地跑曲线，石头也跟着跑曲线。

就这样穷追不舍，直累得灰豆儿气喘吁吁，再也跑不动时，那石头结结实实给了灰豆儿后腰一下子。疼得灰豆儿大叫："妈呀，打了我的腰啦！"

这时，他旁边那块土地又被掀起来，几个老百姓从洞里探出头来。

农夫看着灰豆儿说："你再用石头砍那酒坛也没用。我们砍过许多次，都失败了。"

农妇说："而且，那酒坛会'飞去来'。"

灰豆儿问："什么是飞去来？"

农妇看着灰豆儿头上的包说："就是你砍过去的石头，还会自己飞回来。"

灰豆儿点点头说："我明白了，我有切身体会。那怎么才能弄破这酒坛呢？"

老百姓们一起摇头说："没有小法。"

这时，天空突然又变暗了。

老百姓们又纷纷往洞里钻。农夫望着天说："红鼻头神仙醉得这样厉害，四季时钟没人管，天气又要胡乱变了。"

灰豆儿忙问："什么四季时钟？"

农夫告诉他："就在山那边，专门管天气的。"

天上冰雹夹着雨水胡乱落下，农夫慌忙钻进地洞。灰豆儿捂着脑袋急匆匆往山后跑。

他绕过一座小山，果然山后有一个小亭。亭子中间有一座古色古香的时钟，上面写着：四季时钟。

灰豆儿自言自语："大概就是这座时钟掌管天气。"

四季时钟的钟面歪歪斜斜，分针、秒针乱转。天气也随着乱七八糟地变化，一会儿是风，一会儿是雨，一会儿是冰雹……

灰豆儿说："看来红鼻头仙醉得忘记管这四季时钟，所以天气才乱变。我来替他修一修。"

灰豆儿说着，冲上去，刚靠近亭子，突然，雷声大作，一阵闪亮的电光将他打回，灰豆儿再冲上去，又被电光打回，并将他的裤子打出个破洞。

"嘻嘻。"灰豆儿身后传来笑声。

灰豆儿回头一看，是红鼻头仙抱着酒坛坐在地上，八戒大剩在他旁边醉醺醺地摇摇晃晃。

红鼻头仙望着灰豆儿笑嘻嘻地说："没有我的魔衣、魔裤，谁也无法进那亭子，去动那四季时钟。"

灰豆儿问："你那魔衣、魔裤在哪儿？"

红鼻头仙说："你……真……真傻，就在我身上，你看不见。"他说着，咕嘟咕嘟大口喝着酒坛里的酒。

八戒大剩晃晃悠悠地凑到酒坛旁边，结结巴巴地说："我……我还喝。"它使劲往酒坛里探身子，一下子跌进了酒坛。

灰豆儿赶快上前，把八戒大剩从酒坛里拉出来。它浑身湿淋淋的。再一看，红鼻头仙已抱着酒坛，闭着眼睛呼呼大睡了。

灰豆儿想了想，对红鼻头仙说："对不起，我借你的衣服用一用。"

灰豆儿把红鼻头仙的衣服、裤子全扒了下来。红鼻头仙只穿着背心裤衩，样子十分滑稽可笑。

灰豆儿将红鼻头仙的衣裤穿在身上，虽然肥肥大大，却也能勉勉强强支撑起来。

灰豆儿壮着胆，小心翼翼地走进小亭子。这回他平安地进去了。

灰豆儿在小亭子里认真地修理四季时钟。他先把钟面上的灰尘擦净，又把那些歪七扭八的数字放正，重新调整好秒针、分针、时针……

四季时钟被修好了，外面的天空突然变得风和日丽。

人们纷纷从地洞里钻出来，欢呼："啊，四季时钟修好了！"

这时，天空飘来一块彩云，彩云上立着太白金星和天兵天将。

太白金星大喝："什么人，冒神仙的名在乱动四季时钟？"

灰豆儿从小亭子里走出。太白金星一看他，吃惊地问："灰豆儿，是你在乱动？那掌管此地的神仙在什么地方？"

红鼻头仙在酒坛旁边醉得站不起来，结结巴巴地说："小神……神在这儿。"

酒坛里一阵声响。八戒大剩从酒坛里钻出，晃晃悠悠地飘上去。飘到太白金星的跟前，醉醺醺地说："太白金星老，老儿，喝一杯。"

太白金星道："这八戒大剩醉得太厉害，给你个醒酒虫醒醒酒。"他顺手扔出一个小飞虫，嗡嗡地飞到八戒大剩的嘴巴里。

八戒大剩嘴巴立刻像喷泉一样向外喷酒。

已经酒醒的八戒大剩望着酒坛骂道："这醉酒真是误事。"它抡起九齿钉耙飞过去，一钉耙打过去。

啪的一声，八戒大剩被震得发麻，向后摔了个大跟头。酒坛被打得飞向天边。太白金星说："我明白了，一定是这儿的神仙喝酒误事。灰豆儿你又在替百姓做好事。"

太白金星指着红鼻头仙说："待我去奏明玉帝，免去他的职务，让灰豆儿你来做此地的神仙。"

灰豆儿慌忙说："我从小流浪惯了，还是让这红鼻头仙在此立功赎罪吧。倒是刚才第一次进小亭子时，雷电把我裤子劈破了。您奏明玉帝，赔我一条裤子吧。"

小精灵灰豆儿

妖 精 角

 灰豆儿站在山顶上，极目远望。

只见群山叠翠，郁郁葱葱，一直伸延到天边。灰豆儿看得心旷神怡，忍不住说："真是风景如画。"

八戒大剩坐在他屁股上说："不如改成风景如肉好。"

灰豆儿笑嘻嘻地指着天边说："你一说肉，那肉真的来了。但不知是红烧肉还是烤肉。"

八戒大剩飞到灰豆儿的肩膀上，顺着他手指的方向望去。

只见万般翠绿中，有一点粉红远远飘来。

八戒大剩升到空中，变成一个望远镜，望那粉色小点儿。望着，望着，它忽然慌里慌张地落下来，变成原来的模样，对灰豆儿说："这回你可说错了，哪里是什么肉？快磕头，快磕头。"

灰豆儿不明白地问："为什么要磕头？"

八戒大剩已在那里磕起头来。边磕边说："你听我的，没错。好事来了。磕一下头，要一份东西。"

八戒大剩把头磕得特响，嘴里还不停地嘟哝："牛肉、烧鸡、大烤鸭……"

灰豆儿也不由自主地跟着跪在地上磕起头来。

130

天边的粉红点子越飘越近，渐渐变大了。是一个漂亮的莲花宝座。

八戒大剩磕着头，抬起头来，看着莲花宝座，忽然泄气地对灰豆儿说："别磕头了，刚才咱们那些头都白磕了。"

灰豆儿站起来问："怎么白磕了？"

八戒大剩泄气地说："光宝座来了，人没来。"

这会儿，莲花宝座已慢慢地飘到了他们身旁的山顶上。

灰豆儿问："怎么回事？"

八戒大剩指着莲花宝座说："这是观音菩萨的莲花宝座。我原以为是观音菩萨来了，磕头就可以多向她老人家要些好吃的东西。没想到只来了个莲花宝座，她本人根本没来。"

灰豆儿想了想说："大概她的莲花宝座也改成遥控的了。"

八戒大剩说："咱们的头不能白磕，把她的莲花宝座拿过来玩一玩。"

灰豆儿问："这莲花宝座只有神仙才能坐吧？"

八戒大剩说："还得是大神仙，一级神仙。那些小神小仙都没份，更甭说小鬼小妖了。"

灰豆儿跃跃欲试道："那我也坐一回莲花宝座，尝尝当大神仙的滋味。"

好个灰豆儿，喜滋滋地跑过去，刚要往莲花宝座上跳，莲花宝座突然射出金光，把灰豆儿弹了个大跟头。

灰豆儿揉着被摔疼的屁股叫："不好，这莲花宝座安了防盗装置。"

八戒大剩笑说："你这么上怎能行？你看我，变成观音菩萨的模样，准行。"

八戒大剩念着咒语，摇身一变，变成了观音菩萨的模样，向莲花宝座走去。它还没靠近莲花宝座，莲花宝座放射出的金光，已将它打得连摔了两个跟头，又摔回了八戒大剩的模样。

灰豆儿看着拍手笑道："看来，这莲花宝座还安了防伪装置呢。"

八戒大剩哼哼唧唧地说："我明白了，虽然扮成了菩萨的模样，但头上还少个光圈。"

灰豆儿好奇地问："什么光圈？"

八戒大剩说："凡是地位高的大神仙，头顶上都有光圈。"

灰豆儿说："你也变出个光圈试试。"

八戒大剩连连摇头说："不成，不成。这个我可变不出来。那是靠几千年修炼出来的。"

正说着，在他们头顶上的莲花宝座突然放出光泽，一个亮亮的梅花鹿角从里面飘出，轻轻地飘下来，正落在灰豆儿的头顶上。

"这是怎么回事?"灰豆儿吃惊地叫着，用手去搬头上的角。那梅花鹿角就像长在肉里一样，一点儿也搬不动。

"糟糕，它长在我头上了。"灰豆儿叫。

梅花鹿角在灰豆儿头上闪着亮亮的光。

八戒大剩说："这光至少有二十五度。"

灰豆儿高兴地说："头上有了灯，以后晚上不怕走夜路了。"

然而，就在这时，出现了一件奇怪的事情。八戒大剩的九齿钉耙突然从身上飞出，打了灰豆儿头顶上的梅花鹿角一耙子。

灰豆儿被打得捂着头，龇牙咧嘴地叫："好疼啊!"

八戒大剩忙去抓九齿钉耙，说："对不起，我的九齿钉耙走火了。"

出人意料的是，九齿钉耙虽然被八戒大剩抓住，但还在乱动，又向着灰豆儿头上的梅花鹿角打去。

八戒大剩使劲抓住九齿钉耙，叫："怎么回事? 这耙子怎么疯了?"

八戒大剩又看着灰豆儿头上的梅花鹿角，那鹿角正放出暗蓝的光。

八戒大剩哼哼唧唧地说："我明白了。"

灰豆儿不安地问："你又明白了什么?"

八戒大剩不好意思地说："你头上的梅花鹿角大概是妖精的角。"

灰豆儿惊慌地问："你怎么知道?"

八戒大剩说："因为凡是沾了妖气的东西，我这九齿钉耙都要打的。"

灰豆儿叫："既然是妖精角，那你快帮我把这角去掉吧。"

八戒大剩说："别慌，别慌。我这就帮你把角去掉。"

八戒大剩说着，抡起九齿钉耙去砍灰豆儿头上的角。

只听当啷一声，灰豆儿的角上迸出火星来，把八戒大剩震得向后一趔趄。

八戒大剩叫："好硬，好硬。震得我手都麻了。"

这时灰豆儿惊慌地叫："那怎么办？"

八戒大剩说："别慌。我把九齿钉耙变成锯，来给你锯角。"

八戒大剩将九齿钉耙迎风一晃，变成一把电锯，去锯灰豆儿的角。

电锯吱啦吱啦乱响。八戒大剩跟着电锯一块乱抖。

灰豆儿的角不仅丝毫无损，反而闪烁起亮亮的光。

灰豆儿惊慌失措地说："糟糕，越锯越亮。"

八戒大剩说："我再将九齿钉耙变成电钻试试。"

八戒大剩刚说完，从灰豆儿头顶的梅花鹿角上突然飞出一个小电钻来，哧哧地响着。

八戒大剩愣了，还没明白是怎么回事，小电钻突然钻向八戒大剩的屁股，疼得八戒大剩大叫一声，几乎蹿上天去。

它在空中生气地大叫："好大胆的妖精角，竟敢和我斗法，叫你尝尝我的厉害。"它把九齿钉耙抛向空中，叫声"变"。那九齿钉耙一下子分成许许多多小钉耙，打向梅花鹿角。

从梅花鹿角里突然飞出许多小金箍棒，迎向小钉耙。八戒大剩见了吃惊地叫："这妖精角的魔力怎么如此大，竟把孙悟空的金箍棒都借来了。"

两种兵器在空中乒乒乓乓一阵乱打。小金箍棒将小九齿钉耙全打落下来。

小金箍棒又一齐将八戒大剩包围在当中，都要向它打去。

灰豆儿急得大叫："不许打我的朋友。"说也奇怪，那些小金箍棒都飘回了他头上的梅花鹿角。

灰豆儿惊喜地说："啊，它们听我的话。"

八戒大剩怀疑地问："这妖精角能听你指挥？"

灰豆儿说："我再试试。"他试探地说，"我头上的角听着，这回你别飞出兵器，飞出点儿好看的东西，叫我看看。"

他的话刚说完，从他头顶的梅花鹿角的枝枝杈杈上喷出五颜六色的烟火，映红了天空，真是好看极了。

灰豆儿又试着说："我头上的角喷出糖果来。"

刹那间，他头上的梅花鹿角又喷出各种各样美丽的糖果来。

八戒大剩都看呆了。它哼哼唧唧地说："这是怎么回事？这妖精角好像也不错。"

灰豆儿说："也许不是妖精角呢？"

八戒大剩也有点儿拿不准了，它哼哼唧唧地说："也许是我的九齿钉耙看错了。甭管是什么角，只要对咱们有好处，那就留着用吧。"

灰豆儿顶着梅花鹿角蹦蹦跳跳地往前走。他头上的角上开出了九朵雪白的梅花，闪着美丽的光泽。他在树林中走着，周围的树突然也都开满了白色的梅花。灰豆儿角上的梅花变成了粉色，周围的树上也跟着开满粉色的花朵。灰豆儿的角变幻着各种颜色，两旁的树木也都随着开出各种颜色的花朵。

一条小青虫从树上落下来，正好落在灰豆儿的角上。奇迹发生了，小青虫变成了一只美丽的大蝴蝶，翩翩地飞走了。

一条细蛛丝从树上垂下来，一只小蜘蛛顺着丝线落到了灰豆儿的角上。小蜘蛛一挨到梅花鹿角，身体竟放出光泽，一下子有了神奇的本领。它在梅花鹿角上飞快地吐丝，竟然织出了一幅美丽的山水画。小蜘蛛带着山水画，沿着蛛丝爬到了旁边的树上。

八戒大剩呆呆地看着，忍不住说："这角好神，难道不是妖精角，而是神仙角？"

这时，突然从它头顶上飘来一个声音："你这个傻瓜，竟把它当成妖精角？"

八戒大剩仰脸一看，那莲花宝座正在上空飞旋。声音是从那上面传来的。

八戒大剩问："难道它是神仙角？"

莲花宝座里传出声音："没错，是百分之百的神仙角。"

八戒大剩说："是神仙角，为什么我的九齿钉耙还要打它？"

莲花宝座笑道："你那九齿钉耙哪里是在真打它？那是想让神角给它变出好吃的来。它和你一样，也长了个吃心眼儿。"

八戒大剩正想再问，莲花宝座却飞到灰豆儿旁边大声说："这神角的功能，你已经全试过了。这全是我们的大慈大悲的观音菩萨为你修理好的，现已完璧归赵，还给了你。我回去向观音菩萨复命也。"说着，那莲花宝座嗖的一声飞走了。还没等灰豆儿明白过来，莲花宝座已无影无踪了。

灰豆儿迷迷糊糊地问："那莲花宝座说什么？"

八戒大剩大大咧咧地说："谁知道啊？这莲花宝座本不会说话，是菩萨让它会说话的，但显然脑子还不灵，办事糊里糊涂的。"

灰豆儿皱着眉头说："它好像是说把这角修理好了送还给我，可我原来并没有这样一个角啊？"

八戒大剩说："你还管那么多干吗？它给咱们，是好东西咱们就要。"

这时，他们头顶上有亮亮的蛛丝织成的字，是那小蜘蛛织的：这神奇的角，是九色鹿的，它此刻正在前面的深泥潭中。

灰豆儿说："我们快去。"他拉着八戒大剩使劲往前跑。

前面，阴暗的树林里，有一片泥潭。一头美丽的九色鹿陷在泥潭里，只露出头部。它头上没有鹿角。

九色鹿痛苦地呻吟着自言自语："怎么观音菩萨还没把我头上的角修理好？再不送来，我就要沉到泥潭里了。"

"嘿嘿，你不要再幻想了。"旁边有个声音冷笑着，那是一条大蛇，它恶毒地说，"告诉你，我已经用喷出的毒雾，使莲花宝座迷失了方向，它再也不会来了。"九色鹿的眼睛里流出了晶莹的泪珠。

躲在树林里的灰豆儿低声说："我头上的神角，你快飞到九色鹿头上去吧，它才是你真正的主人。"

梅花鹿角在他头上晃着，似乎想离开，但被紧紧地粘在灰豆儿头上。它使劲向上，都把灰豆儿带得离地面有一尺，仍旧没有分开。

灰豆儿哼唧着："也不知用的什么胶？这角粘得太紧，快来帮我拉拉。"

八戒大剩抱住灰豆儿的腿向下拉，梅花鹿角向上拉。两个一齐使劲，把灰豆儿都拉成了细长条。灰豆儿痛苦地大叫："天哪，我都快被拉断了。"

"啪!"梅花鹿角终于和灰豆儿分开了。梅花鹿角冲上高空，灰豆儿却和八戒大剩随着惯力向下，竟把地面冲出一口深井。

梅花鹿角飞旋着，落到了九色鹿的头顶上。九色鹿头顶上立刻出现一个亮亮的光圈，把黑暗的泥潭照亮了。大蛇惊恐地钻向泥潭下面。

梅花鹿角伸出许多彩线，无数洁白的蝴蝶从四面八方飞来，衔着彩线向上飞舞，拉着九色鹿升到空中。

灰豆儿和八戒大剩从下面的井里爬出，仰脸看着空中的九色鹿。

灰豆儿羡慕地说："那神鹿角真棒，可惜是人家的。我自己要是有一个就好了。"

八戒大剩说："这有何难？我可以变成你的角。"它说着，飞到灰豆儿头顶上，做成一个可笑的鹿角的样子，问，"你看怎么样?"

灰豆儿忙说："那可不成。我可不能让你骑在我头上，你还是待在我屁股上吧。"

小精灵灰豆儿

海边美人鱼

灰豆儿看见蓝色的大海里有一条美人鱼。美人鱼坐在海中的一块礁石上，宛如一座美丽的雕像。

他告诉八戒大剩："那儿有一条美人鱼。"

八戒大剩说："我看见了，她还在流泪。"

灰豆儿奇怪地问："离那么远，你都能看见她哭?"

八戒大剩说："因为美人鱼流出的眼泪是珍珠。"

果然，灰豆儿远远看见，一滴闪亮的东西从她的脸颊上滚落到海水中。

八戒大剩说："美人鱼是从不轻易流泪的，因为流泪会使她变衰老。除非她碰到了最伤心的事。"

灰豆儿说："我们去看看，她有什么伤心事。"

灰豆儿和八戒大剩悄悄地沿着海边的礁石，一点儿一点儿靠近美人鱼。

他们已经看清了美人鱼的脸。这是一张痛苦的年轻母亲的脸，脸上的表情美丽而忧伤，灰豆儿看了突然觉得很感动。他从没见过自己的母亲，也不知道自己的母亲什么样。但他能想象出，自己母亲也大概是这样。

八戒大剩没有作声，它虽不像灰豆儿那样容易动感情，但它也被美人鱼的举动惊呆了。

他们看见美人鱼从自己的身体上拉下一片鳞来。她一定很疼痛，因为她呻吟的声音都传到了他们的耳边。一串亮晶晶的泪珠从她脸颊上滚落下来。

"这美人鱼一定是疯了。"八戒大剩吃惊地说，"揪下一片鳞，就等于从自己的身体上撕下一小块皮肤，会特别疼痛的。"

灰豆儿注意地看着，轻声叫："她在写信。"

是的，美人鱼在写信。她是用手指蘸着泪水在鳞片上写，圆圆的鳞片闪闪发光。

美人鱼抬起头来，望着远处的树林，用手轻轻一扬，闪亮的鳞片飞起来了。飘飘悠悠，越过灰豆儿和八戒大剩的头顶。

飘呀飘，闪光的鳞片离海边越来越远。美人鱼却始终一动不动凝视着。直到鳞片变成一个小点子消失在远远的树林后面，美人鱼才垂下头，慢慢地没入到海水中。灰豆儿说："我们去看看，美人鱼在鳞片上写了什么。"他爬云爬到空中，八戒大剩飞到灰豆儿的屁股上，变成一个风扇。

"嗖嗖嗖嗖……"风扇猛吹着风。灰豆儿像支小火箭一样，向前猛蹿，不一会儿，便飞过了树林。看见美人鱼的鳞片在草地上轻轻地飘着，灰豆儿便也放慢了速度，在空中轻轻地爬着云，跟着鳞片。

前面是个花园，灰豆儿还从来没看过这么奇怪的花园。这里的草、花、树、藤萝的形状都很古怪，有的像滑梯，有的像转椅，还有许多更复杂的，什么"空中火车"、"激流勇进"、"魔洞探险"，在花草间还有一座座美丽的飞禽走兽的雕像……这简直是个天然的游乐场。

灰豆儿跟着美人鱼鳞片，飘过空中的火车轨道，穿过魔洞和激流，他看见一个漂亮的男孩在前面花丛中。

闪光的鳞片飘到了他的面前，男孩高兴地说："啊，一片鳞!"他用手接住鳞片，刚要看，突然他旁边的花丛里飞出一只怪异的小鸟，唧唧喳喳地叫着。

那怪鸟就在男孩身边，仿佛他一伸手就可以抓到。"小鸟!"男孩欢喜地叫着，把鳞片放到一边，去抓怪鸟。

小鸟蹦跳着，男孩只差一点儿就可以抓到，但又总是抓不到。就这样，男孩离鳞片越来越远。

灰豆儿看见，那闪光的鳞片似乎变得暗淡了。他忙跑过去，拿起鳞片。

鳞片上的字迹在变浅，还没等灰豆儿看清上面写的是什么，就完全消失了。那美人鱼的鳞片也如同一片树叶一样，慢慢枯萎了。

灰豆儿拿着枯叶似的鳞片去追男孩。他发现，男孩的身体也在渐渐变浅，等到他跑到那男孩身边时，男孩已变成了淡淡的影子，一下子消失了。

"这是怎么回事？"灰豆儿吃惊地问。

八戒大剩说："我们去问美人鱼。"

他们又回到了大海边。已是黄昏，大海静静的，天边映着通红的晚霞。

八戒大剩向着海里喊："美人鱼，快出来。"

大海依然平静，没有一点儿声音。

灰豆儿举着手中枯萎的鳞片，向着大海说："我们看见你的鳞片到了那个男孩的手中。"

平静的海面晃动着一层层涟漪，美人鱼慢慢浮出海面，她依然是那种忧伤的表情。她望着灰豆儿手中枯萎的鳞片，急切地问："他看到这封信了？"

"没有。"灰豆儿摇摇头说，"他正要看，突然被一只怪鸟吸引，他去捉怪鸟了。"

"啊，他又没看，"美人鱼流下了泪水，悲伤地说，"这已是第三次了，他受了那魔鸟的迷惑，忘记了大海，忘记了他的母亲。"

灰豆儿猜测地问："那男孩也是小美人鱼？他是您的孩子？"

美人鱼忧伤地点点头，说："是的。三天前，他带着神奇的鱼珠，离开了大海，到树林那边的花园里去玩。我听海鸥带来的消息说，他被花园里的一只魔鸟迷住了。他再不回来，鱼珠里的水就会干枯，他就会化成一尊石像，被永远留在花园里。"

灰豆儿说："我们追上他时，他变成了一个淡淡的影子。"

美人鱼听了惊叫："啊，这就是变成石像的前奏。可我的孩子还一点儿不知道。"她说着，又痛苦地从自己身上揪下一片鳞，疼得她眼泪都流出来了。

八戒大剩问："你还要给你的孩子写信？"

美人鱼点点头。

八戒大剩说："我看没有用。因为那鳞片信一到他手里，很快就变成枯叶，上面的字全消失了。"

美人鱼说："我知道，可为了救我的孩子，我情愿扯下全身的鳞片。"

灰豆儿说："也许我可以帮你的忙。"

"你？"美人鱼迷惑地看着他。

灰豆儿说："你可以把信写在我的背上。我变成一片树叶，飘到你的孩子面前。"他转过身去，美人鱼用手指蘸着眼泪在他背上写着。

灰豆儿胡乱念着咒语，叫："变树叶。"

灰豆儿变成了一片胖胖的大树叶。这树叶的样子很古怪，虽是树叶的形状，但却带着灰豆儿的鼻子、嘴和眼。

八戒大剩笑道："不像，一点儿也不像。再变变看。"

灰豆儿哼唧着："不行，我的本事也就这么大了。"

八戒大剩说："你这树叶还缺个叶梗，我来变作叶梗。"说着它变成个叶梗，接在胖树叶上。

灰豆儿说："我们走。"

大胖树叶告别了美人鱼，飘飘悠悠向树林的方向飞去。

他们又看见了那个神奇古怪的花园，看见了那些美丽的动物雕像，看见了由花草树木构成的游乐场。

那个男孩正在碧绿的草地上捕捉一只蝴蝶。蝴蝶翩翩飞舞着，飞上了"惊险列车"小车厢，男孩也跟着跳了上去。

灰豆儿和八戒大剩变成的大树叶急忙飘过去。他们已经到了小火车车厢边上，小火车开动了，一下子把大树叶甩开。

小火车在空中轨道上飞驰，大树叶在后面猛追。

"快，快。"灰豆儿使劲叫喊。他们的速度越来越快，快得像一支利箭，两边的气流嗖嗖地向后飞着，变成树叶梗的八戒大剩已被拉得直直的。

大树叶离飞驰的火车越来越近了。"快，再快一些，就可以追上了。"灰豆儿兴奋地喊着。

大树叶飘得更快了，都在空气中擦出火星来。突然前面的火车猛然停住，只听砰的一声，大树叶狠狠地撞在车厢上。树叶和叶梗被撞得分开了，飞向两边的草地，在草地上打了一串滚儿，恢复了灰豆儿和八戒大剩的模样。

灰豆儿坐在草地上眼冒金星，晕头转向。他看见男孩已经上了旁边的一条小船，追逐着飞舞的蝴蝶，沿着小河，进到一个山洞里。

灰豆儿急忙叫："快跟上他。"

灰豆儿和八戒大剩从两边跑到一起，又变成一片大胖树叶，飘飘悠悠，跟着进了山洞。

这里是"激流勇进"。小船沿着弯弯曲曲、忽上忽下的河道飞速前进。大树叶跟在后面，叶梗像舵一样地摆动着，穷追不舍。猛然，前面穿过一片水帘，灰豆儿忙叫："别弄湿了信。"大树叶立刻卷成了一个卷，漂过了水帘。

小船终于到了岸边，男孩看见蝴蝶落在一朵大花上，他下了船，蹑手蹑脚地向花靠近，他只要一伸手就可以捉到蝴蝶了，突然一片大树叶遮住了他的脸。

"这是什么？"男孩用手拿下大树叶看。

"这是一封信，你妈妈写给你的信。"大树叶说。

"妈妈？我的妈妈？"男孩迷惑地睁大眼睛。

"啊，他连妈妈都不记得了。"八戒大剩。

"你还记得吗？你是一条美人鱼，是从大海来的。"灰豆儿急切地说。

"大海？"男孩努力思索着，他好像想起了什么，眼里闪着光，"我怎么这样熟悉？让我再好好想一想。"

"啊，他想起来了。"灰豆儿高兴地说，"我们快让他看信。"大树叶转过去，想让男孩看背面的信。

就在这时，旁边突然传来一阵古怪的鸟叫声。这声音并不好听，却有一股魔力。大树叶现了原形，变成了灰豆儿和八戒大剩。三个人都愣愣的，一动不动地听着，眼里闪着呆滞的光。

那鸟鸣声叫得更厉害了。男孩转过脸去，他看见旁边花上的蝴蝶正发出鸟叫，闪着怪异的光泽，慢慢地变成了一只鸟。

"啊，小鸟。"男孩喃喃自语着，目光盯着怪鸟。怪鸟叫着，飞起来了。男孩跟着怪鸟，向着树林走去。灰豆儿和八戒大剩还愣愣地待在原处。

过了好一会儿，两个人才清醒过来。灰豆儿说："是那只魔鸟。"

八戒大剩说："它的叫声很能迷惑人，听它叫，我身体都变得冷冰冰的。"

灰豆儿说："对付它，我们还有办法。"

八戒大剩说："我们只要把耳朵堵起来就可以了。"

"问题是，我们还要把那男孩救出来。"灰豆儿皱着眉头思索着，突然眼睛一亮，说，"我有个好主意。"他附在八戒大剩耳朵上嘀咕了一通。

八戒大剩连连点头说："你这主意不错。"

他们两个一起从地上捡起草果塞住耳朵。

在树林里，男孩一动不动地站在那里，怪鸟环绕着他飞行，唱着一支古怪、难听的歌儿。

男孩的身体又在一点儿一点儿变浅，变得像是一个影子。

"哈哈哈！"怪鸟发出怪笑说，"再过一会儿，你就会变成一尊美丽的雕像。"

正在这时，八戒大剩拿着九齿钉耙，晃晃悠悠地走到树林里，它哼哼唧唧地自言自语："我这是在哪儿？我的身体怎么这样冷？"

怪鸟飞过去，对着它叫。八戒大剩晃得更厉害了，嘴里嘟哝着说："啊，我更冷了，就像在冰窖里。"

怪鸟说："走吧，跟我走吧，我会把你带到一个最暖和的地方去。"怪鸟扇着翅膀向树林深处飞去，八戒大剩摇摇晃晃地跟在后面。

等它们走远了，灰豆儿从树后面闪出，跑到男孩跟前。

"喂，快来看你妈妈写给你的信。"灰豆儿对男孩说。

可男孩已经像一个不会说话的影子。

灰豆儿焦急地告诉男孩："你妈妈让我告诉你，你带的鱼珠马上就要干枯了。鱼珠一干枯，你就会死掉的。"

男孩还是不说话，他似乎已经失去了知觉。

灰豆儿摸着男孩的身体，吃惊地叫："你的身体怎么变得这么硬，这么凉？像石头一样。"

这时，在漆黑的树林里，有一口井，黑黢黢的，深不见底。怪鸟正带着八戒大剩，一步步来到井边。

怪鸟用甜腻腻的声音说："往前走吧，再迈一步，你就可以到最温暖的地方去了。"

八戒大剩愣愣地向前走着，已经到了井边。怪鸟离它更近了，说："快迈步吧，只要最后一步。"

八戒大剩突然一下子抓住了怪鸟。怪鸟吃惊地叫着，拼命挣扎。可八戒大剩抓得紧紧的。

八戒大剩笑道："灰豆儿这主意果然不错，你上当了。"

八戒大剩用一根绳子把怪鸟的嘴紧紧缠住，得意地说："哈，这回你再也叫不出声来了。"

在树林里，灰豆儿还在焦急地围着男孩转，嘴里自言自语着："他好像完全失去了知觉，这可怎么办？"他说着，突然摸了一下自己的后背，惊慌地叫，"糟糕，我的后背怎么有点儿湿？啊，是他妈妈眼泪写的信在融化。"

灰豆儿转过身去，把后背对着男孩叫："你快看呀！一会儿就全化了，这信是你妈妈用眼泪写的。"

灰豆儿使劲把后背贴住男孩，他背上写的字在闪光，一滴亮亮的泪珠从他背上滴下来，落在男孩的脸上。奇迹出现了，亮亮的泪珠在男孩的身体上流动着，仿佛给他注入了生命。男孩身上的血液流动起来，他的身体也开始变得清晰了，不再是影子了。

灰豆儿看着他，欢喜地叫："啊，他会动了。快看，这是你妈妈给你的信。"说着，又急忙转过身去，叫男孩看自己后背上的信。

灰豆儿的后背，是一个由美人鱼泪水组成的透明的屏幕，里面的画面是蓝色的大海，是海边正在凝视的美人鱼……

男孩呆呆地看着，喃喃自语："大海，妈妈……"他眼里滚出了泪水。他从自己的衣袋里取出一个透明的水珠，里面的水只剩下一点点了。

男孩吃惊地叫："啊，鱼珠快干枯了，我要马上回大海。"

灰豆儿说："快回去吧，你妈妈在海边等你呢。"

灰豆儿和男孩跑出树林，看见八戒大剩正坐在草地上，点燃了一小堆篝火。

灰豆儿问："八戒大剩，你在干什么？"

八戒大剩拿着捆得严严实实的怪鸟说："我要把它烤熟了吃。"

灰豆儿吃惊地问："妖怪你也敢吃？"

八戒大剩笑眯眯地说："猪八戒的肠胃，什么都能消化得了。"说着，它把怪鸟放到火里。

怪鸟在火里叫着，又在变形，变成了一只难看的毛毛虫。八戒大剩看了，忍不住叫："哇，好恶心！"

这时，花园里一片光亮，那些飞禽走兽的雕像一下子都活了。它们快活地跑着，叫着。

灰豆儿高兴地说："原来是妖精把它们变成雕像的啊！"

小精灵灰豆儿

月牙泉

灰豆儿和八戒大剩正在山野间行走，忽听半空中有嗖嗖的呼啸声，灰豆儿仰脸一看，不由得大吃一惊。他看见一个两丈多长、圆乎乎的大东西正从云中飞了过来。

灰豆儿叫："不好，大炮弹。"说着就往树林里跑。

八戒大剩却说："你说得不对，不是炮弹。"

灰豆儿说："那就是导弹。"

八戒大剩问："导弹是什么?"

灰豆儿说："就是加上遥控、追着你跑的炮弹。"

灰豆儿的话刚说完，那个大东西果然掉转方向，向他们直飞过来。

"快跑。"灰豆儿拉着八戒大剩就想往草丛里钻。

八戒大剩却立在原处，死死地盯着那大东西。

灰豆儿焦急地叫："还不躲开，它挨着咱们就要爆炸了。"他一头扎进灌木丛里。

八戒大剩笑着说："我却巴不得被它挨着呢。"

灰豆儿吃惊地问："难道你要自杀?"

八戒大剩厉声说："你才要自杀呢。它是什么，你哪里有我知道得清楚? 你再好好看看。那东西前面可是个龙头，身上还雕着美丽的花纹。"

灰豆儿一看，那东西已停在他们头顶上不动。真的是带着龙头，装饰得十分美丽。

八戒大剩说："你可能不知道，这是天宫最新型号的飞船，据说就是你所说的那种什么导弹，在云彩里乱飞时，被神仙鲁班截住，去掉里面的炸药，改装成一种最豪华的飞船。"

灰豆儿恍然大悟："闹了半天，这是神仙坐的飞船啊！"

八戒大剩说："不错，是目前天界上最时髦的交通工具，只有大神仙才给配备。要是你我什么时候也能有一艘就好了。"

正说着，那龙头飞船慢慢降落下来，一直落到他们跟前。

灰豆儿奇怪地自言自语："这是怎么回事？"

只见龙头飞船上升起一面小彩旗，彩旗画有弥勒佛的像。

八戒大剩一看，立刻眉开眼笑地说："啊，原来是弥勒佛大仙的飞船。他对你印象极好，一定是请咱们去吃饭。快上，快上。"说着，骑上了龙头飞船。灰豆儿也赶快跟着骑在它后面。

灰豆儿说："我看见飞船龙头上好像有个小按钮。"

八戒大剩大大咧咧地说："管他呢。"说着一拨飞船上的小旗，龙头飞船立刻晃动起来。

八戒大剩得意地说："我这招儿灵吧？叫它走它就得走。"

龙头飞船呼的一下飞起，呼啸一声，冲上天空，速度真是快极了。灰豆儿差点被摔下来。他吓出了一身冷汗，嘴里哼唧着说："妈呀，真快。"他急忙抱住八戒大剩。

八戒大剩蛮内行地说："要是不快，还能称做是最新型的？"正说着，龙头飞船又呼地向前一蹿，差点把八戒大剩也甩下来。八戒大剩急忙把身体变得细长，在飞船上绕了两圈。

龙头飞船带着他们在天上风驰电掣地飞行。一会儿云彩密集，接着下起了暴雨，无数大雨点儿刷刷地打在他们身上、脸上，将他们淋成了落汤鸡；一会儿又刮起龙卷风，小刀片似的风，吹得他们龇牙咧嘴；一会儿又飘起雪花，把他们冻得牙齿咯咯咯地打战。

灰豆儿结结巴巴地问："这，这飞船就这样豪华啊？"

八戒大剩也结巴着说："大，大概弥勒佛给咱们乘坐的是没有经过改进的旧型号吧。"

龙头飞船终于放慢了速度，在明媚的天空中飞行。他们看见前面五色云彩中，有一座佛寺。弥勒佛正在寺前笑眯眯地站着。

龙头飞船停在了寺前。再看灰豆儿和八戒大剩衣衫破烂、满脸是泥、狼狈不堪的模样，活像是叫花子。

弥勒佛吃惊地问："二位怎么成了这副样子？"

八戒大剩从龙头飞船上跳下来，气哼哼地说："还问我们？您老人家小气得要命，让我们坐这样的破飞船。"

弥勒佛奇怪地说："我让你们坐的可是最新型的、最豪华的飞船啊！"

八戒大剩生气道："别蒙我们，以为我们是老土啊！"

弥勒佛笑道："确实没蒙你们。你们没看见我这飞船龙头上的按钮？"

八戒大剩问："看见了又怎么样？"

弥勒佛走上前，轻轻一按飞船龙头上的按钮，龙头飞船一下子变大，中间出现了一扇门，自动打开。

弥勒佛带他们进了飞船。只见里面简直像豪华的总统套间，一切设备都是最现代化的。里面还有一个小操纵器，弥勒佛拿起来，随意按一个按钮，桌子上立刻出现了许多鲜花和水果。弥勒佛又按一下按钮，墙壁上出现一个大彩色屏幕，可以看见七仙女翩翩起舞……

灰豆儿和八戒大剩都看傻了。

八戒大剩哼哼唧唧地说："弥勒佛，你找我们来有何事？"

弥勒佛笑嘻嘻地说："不是找你，是找灰豆儿。"

八戒大剩厉声说："找灰豆儿也就是找我，因为我是他的尾巴，他到哪儿我到哪儿。"

弥勒佛笑说："这话也是。你们的好事来了。"

八戒大剩马上问："什么好事？是去参加玉皇大帝的宴会？"

弥勒佛道："比这要好得多。你们听我说，玉皇大帝要在天宫增设一个游览部。"

灰豆儿问："这游览部是干什么用的?"

弥勒佛："这游览部专门负责组织神仙们的游览饮宴。"

八戒大剩叫道："啊，管神仙们的玩和吃，这可是个肥缺。"

弥勒佛笑道："你说得不错。玉帝委托我代他选这游览部部长，许多神仙都想当。这几天，送礼的把我这寺院的门槛都快踏破了。"

弥勒佛说着，左袍袖一甩，大大小小的东西立刻从他袖子里飞出，在左边堆成了一座小山。

"还有走后门递条子的。"弥勒佛右袍袖又一甩，许多纸条从他右袍袖飞出，在右边堆成了一座小山。

八戒大剩看着，拍着手说："我明白了，你是看收的礼品太多，自己吃不了，用不完，想处理给我们一些。我可说好了，白吃行，我们可没钱。"

弥勒佛厉声叫："你这呆子，别胡说八道! 叫你们来，我是想推荐灰豆儿当这游览部的部长。"

灰豆儿大吃一惊，吓得跌了一个跟头："叫……叫我?"

弥勒佛说："不错，就是叫你。虽说你连仙籍都没入，要当这游览部长得连升八级，可我看你心地善良，又极热心帮助人，所以要来个破格提拔。"

灰豆儿结结巴巴地说："我……我……我行吗?"

八戒大剩马上抢过话头："那还有什么行不行的，甭说游览部长，就是玉皇大帝也一样当。问题是也得让咱们享受部长级待遇呀。"

八戒大剩说着，转脸问弥勒佛："游览部长有专机吗?"

弥勒佛笑说："有，这龙头飞船就是。"

八戒大剩又问："有没有别墅? 有没有专门的厨师?"

弥勒佛连连点头："有，有，全有。"

八戒大剩说："那我们当了，我是他的尾巴，至少可以当一半的家。"

灰豆儿愁眉苦脸地说："你等等，先让我考虑考虑。这可不是小事。"

八戒大剩说："还考虑什么? 当当当。"

148

弥勒佛笑说："是得让他考虑考虑。不说别的，他要真当了游览部长，要把尾巴去掉。哪有堂堂大部长还带个尾巴的？"

八戒大剩一听傻了眼了。

灰豆儿马上连连摆手说："不当，不当。要我和它分开，绝对不成。八戒大剩，咱们走。"说着，他拉着八戒大剩转身就走。

八戒大剩感动地说："这才是真正的朋友。不过，为了你的前途，咱们还是分手吧。"

灰豆儿说："你要再这么说，我可生气了。我是王八吃秤砣铁了心了，绝不离开你，咱们走。"

弥勒佛慌忙上前拦住说："别走别走，让你带着尾巴当部长还不成？唉，为了这个难得的人才，只好再破一回格了。"

八戒大剩问："我们什么时候上任？"

弥勒佛说："别急，别急。灰豆儿要先来个脱胎换骨才成。"

弥勒佛笑着对灰豆儿说："这游览部少不了和外国神仙打交道，若要当部长须仪表堂堂，像你这人模狗样的，恐怕上不了台面，需要好好修理修理才行。"说着又一甩袍袖，竟从肥大的袖子里甩出一门黄亮亮的小铜炮来。

灰豆儿吓了一跳，吃惊地问："你要用这炮打我？"

弥勒佛笑眯眯地说："不是打你，是打月亮。"

八戒大剩说："我知道了。"

弥勒佛奇怪地问："你知道什么？"

八戒大剩说："你是想用这小铜炮把月亮里的嫦娥打跑，把月宫腾出来，让我和灰豆儿去住。"

弥勒佛斥责说："又在胡说八道。告诉你们，我这小铜炮可不同凡响，它只有三颗炮弹，是糖……"

八戒大剩插嘴说："是糖衣炮弹。"

弥勒佛说："错了，是糖瓢炮弹。我这炮弹是专干好事的。"

弥勒佛对灰豆儿说："我把这小铜炮交给你，你向着月亮打炮。三发糖

149

瓢炮弹可以打出三个月牙泉来。你在三个月牙泉里洗三次澡，便可脱胎换骨，焕然一新。"

灰豆儿和八戒大剩拿着小铜炮，离开了弥勒佛，降落云头，来到一片碧绿的草地上。

此时已是夜晚，一轮金黄的月牙挂在蓝天，洒下万缕银线。

灰豆儿担心地说："这小铜炮可别把月亮打下来。"

八戒大剩说："打不下来，你放心。弥勒佛不是说这炮弹是糖瓢的吗？再说就是万一真出了差错，也是弥勒佛是教唆犯，咱们是受蒙蔽的。受蒙蔽者无罪。"

灰豆儿认真地想了想说："你说得也是。"

二人抖擞精神，夹起小铜炮，瞄准月亮，一拉炮栓。只听噗的一声，一缕彩虹射向月亮。

月亮立刻闪着美丽的光泽，一个粉色的月牙影子从月亮里飘了出来。

灰豆儿惊奇地叫："啊，这就是月牙泉。"

八戒大剩也说："看来，那弥勒佛没骗咱们，也许你真要当大官了。"

粉色的月牙泉飘飘悠悠从空中落下，直向灰豆儿他们飘来。这时，已经可以清楚地看见月牙泉里的水在晃动。

月牙泉飘到了碧绿的草地上，忽然化成月牙状的水塘，一池水在塘中轻轻荡漾。

八戒大剩看了，忙飞到灰豆儿的屁股上，说："快去洗澡，让我也跟着你借光。"

灰豆儿急急忙忙地脱衣服。突然，他看见七个仙女从空中飘了下来。她们穿的衣服虽是五颜六色，但似乎都沾了不少灰尘，尤其是她们每人头上都顶着一颗锈迹斑斑的星星。

灰豆儿一见，急忙把脱了一半的衣服穿上。上前一步问道："你们要干什么？"

为首的仙女上前施礼道："我们是北斗七星，只因天空烟尘污染太重，别的仙女都可以躲开，可我们是负责给诸神指引方向的，必须待在原地不动，所以被污染了。"

八戒大剩一听，马上从灰豆儿屁股上跳下来，大声喊道："这月牙泉是我们打下来的，你们怎么跑来占便宜？不成，不成。"

七个仙女听了，只好转身。灰豆儿听见她们叹息说："洗不成月牙泉，看来只好锈死了。"

灰豆儿忙叫住她们说："几位仙女，你们先洗吧。"

七个仙女一听，感激不尽。

灰豆儿走到旁边的树林里。八戒大剩在他后面不满地嘟嘟囔囔："你少洗了一次，看来部长是当不成了。要不你去和她们一块洗。"

灰豆儿说："那怎么成？那不成流氓了？"

这时，树林外一片闪光。七个仙女焕然一新，头顶上金星闪闪烁烁，齐声说："谢谢二位大仙。"说完升空而去。

灰豆儿和八戒大剩走出树林，看见月牙泉已经消失了。

八戒大剩埋怨灰豆儿说："你的心肠太好，第二次可不能让给别人了。"

灰豆儿点点头说："这回我听你的。"

"噗——"灰豆儿又将小铜炮对着月亮，打了第二炮。又一道彩虹射了出去。

彩虹刚一进入月亮，立刻一个绿色的月牙泉从月亮里飘了出来，缓缓落下。

月牙泉落在树林后面的一片黄土地上，变成一个月牙状的绿色小水塘。

八戒大剩对灰豆儿说："你快去洗，我在周围替你把门，谁都不让靠近。这样，你的心肠也就不会软了。"说着它升到空中，警惕地东张西望。

灰豆儿急忙往月牙泉跑。等他快步跑到月牙泉边上，却看见一个美丽的小女孩摸索着到了月牙泉边上。她一边慢慢地挪着脚步，一边用手摸着，口中自言自语："这是哪儿？"她摸到月牙泉边上，突然停住了，说，"前面好像是小河？我可别掉到里面去。"

灰豆儿明白了，那是个盲女孩。他赶忙跑过去，告诉她："这是月牙泉。"

151

"月牙泉?"盲女孩惊喜地叫,"我听妈妈说过,用月牙泉的水洗眼睛,可以使眼睛复明。可是月牙泉是在月亮里,我绝不可能碰到。"

灰豆儿说:"这月牙泉就是从天上落下来的,不信你洗洗看。"他轻轻地捧起月牙泉里的水,洒到盲女孩的脸上。

盲女孩惊喜地睁大眼睛叫:"啊,我看见了,我看见月亮了,我看见天空了。"

她看着灰豆儿说:"小神仙,你的心肠真好。你虽然有点儿丑,可是你是世界上最好的仙人。"

灰豆儿忸怩地说:"我不是神仙,你快走吧。"

小女孩蹦蹦跳跳地走了。

灰豆儿转过脸来看,发现月牙泉已经消失了。他叹口气说,"啊,看来这月牙泉只能洗一次。"

这时,八戒大剩从空中落下来问:"你怎么没洗,月牙泉就没了?"这时,它看见远处那个女孩的影子,叹口气说,"我明白了,你又把好事让给了别人。"

灰豆儿说:"打下第三个月牙泉,我们一定自己洗。"

"行啊。"八戒大剩大大咧咧地答应,似乎并不在意。

灰豆儿将小铜炮对准月亮,一拉炮栓。"轰——"这一声很响,一道彩虹直奔月亮。一个金色的月牙泉从月亮里飘出来了。

"这回月牙泉是金色的。"灰豆儿兴奋地喊。

就在这时,八戒大剩突然变成一条绳索,飞起来,"嗖嗖嗖……"将灰豆儿捆个结结实实。

灰豆儿吃惊地问:"你这是干什么?"

八戒大剩笑嘻嘻地说:"一会儿,月牙泉一落到地上,我马上把你扔到里面去,你想让谁洗也不成了。"

月牙泉飘飘悠悠地落到草地上,眨眼间,变成一个金色的小水塘。

八戒大剩毫不犹豫,抓起灰豆儿就往金水塘里飞。这时,他们耳边响起一阵呻吟声。

灰豆儿说："好像有人在呻吟。"

八戒大剩说："不听，不听。"它一下子捂住了灰豆儿的耳朵和眼睛。他们马上就要落到月牙泉里了。

就在这时，八戒大剩又呼地向上，飘过了月牙泉。

"怎么回事?"灰豆儿奇怪地问。

八戒大剩没有回答，却松开了绳索，把挡在灰豆儿耳朵和眼睛上的东西也挪开了。

灰豆儿看见旁边碧绿的草地上，蜷伏着白鹤仙女，她的雪白的翅膀上淌着鲜红的血。

"白鹤仙女受伤了?"灰豆儿吃惊地叫。

八戒大剩一声不响地看着灰豆儿，灰豆儿也一声不响地看着八戒大剩。

终于，八戒大剩走过去，把白鹤仙女抱起来，走向金色的月牙泉。

灰豆儿高兴地说："啊，八戒大剩，没想到你的心也那么好。"

八戒大剩叹口气说："唉，这也是受你的影响啊，'近朱者赤，近墨者黑'嘛。"

一只美丽的白鹤从月牙泉中翩翩飞起，环绕着他们飞翔。

八戒大剩遗憾地说："看来你我都没有当官的命啊！老这样跟着你，我也会像耗子尾巴一样，没有多大油水了。"

灰豆儿笑着说："这样更好，你永远得不了脂肪肝。"

小精灵灰豆儿

翡翠仙笛

他们在弯弯曲曲的小路上往前飘着，拐过一丛翠竹，突然看见一种奇怪的景象：一个全身碧绿、长得像竹子一样的小人，正坐在空中一根细细的、翠绿的竹枝上。他的嘴唇含着两片绿竹叶。美妙的笛音正是从小小竹叶中发出的，变成露珠组成的五线谱飘荡在空中。

"他吹得真好。"灰豆儿忍不住低声赞叹。

八戒大剩也吸溜着鼻子说："这小人身上好像有一股仙气。"

他们俩从竹林后面走出来，绿色小竹人看见了他们。

"你们好。"绿色小竹人快活地说。

灰豆儿也说："你好。你真棒，都能把竹叶吹响。"

绿色小竹人说："我什么都能弄响，什么在我手里都可以成为好听的乐器。"

八戒大剩笑问："我也能成为乐器？"说着，它把身体横到空中。

绿色小竹人两只手像弹钢琴一样，弹八戒大剩的身体。随着他的手指连弹，八戒大剩身体竟然发出了钢琴一样美妙的声音。

八戒大剩惊喜地叫："啊，没想到我的身体也是乐器。"它用手使劲拍打自己的肚皮，却发出噗噗噗的声音。

八戒大剩泄气地说："看来我的手不灵，只有这绿色小竹人才灵。"

154

灰豆儿对绿色小竹人说："你也弹弹我，看我是什么乐器。"他躺在草地上。

绿色小竹人走到他跟前，轻轻地拍了灰豆儿小肚皮一下，小肚皮发出了一串美妙的声音。

灰豆儿眉开眼笑地说："哇，我能发出一大串声音。"

绿色小竹人也快活地笑道："你的声音比它的好，可以奏出交响乐。我这就来弹。"他刚举起手要弹，突然说，"你等一等。"说着，他站起身来跑到一边。

原来是一只受伤的小羊羔，洁白的毛上淌着血。绿色小竹人在小羊羔旁边，嘴里又吹起那两片绿色的小竹叶。

随着美妙的音乐，周围竹叶上、花朵上、草尖上的露珠都轻悠悠地飘来了。

这时，突然又响起一种古怪的笛音，从另一边的竹林后面飘来五条灰色的五线谱，缠在绿色的五线谱上，一起带往竹林深处。

大约绿色小竹人吹得太认真了，他还一点儿没看见，也不由自主地随着五线谱飘往竹林深处。

灰豆儿和八戒大剩急忙悄悄地跟在后面。

竹林深处，一个相貌凶凶的白胡子老道在吹一只唢呐。灰色的五线谱就是从唢呐里飘出来的。

绿色小竹人一看见白胡子老道，立刻生气地说："你这个坏家伙，又来捣乱，看我用神笛治你。"说着，他把手中的两片小竹叶一扔，小竹叶飘飘悠悠落到地上。

只见前面绿草中，轻悠悠地冒出一根小竹笋来，竹笋慢慢长大，生出竹叶。不一会儿，就长成一棵修长的竹子。

竹子啪的一声裂开，从中间飞出一支小巧玲珑的绿色小笛子来，眨眼间已到绿色小竹人的手中，他把小绿笛横在唇边，鼓起嘴巴，用力一吹。

只听噗的一声，一股黑烟从小绿笛冒出，把绿色小竹人催得向后跌倒，仰面朝天地摔了个大跟头，满脸都被熏黑了。

绿色小竹人吃惊得大叫："这是怎么回事?"

白胡子老道狡猾地笑道："哈哈，你再吹这小绿笛，我也不怕了。"

绿色小竹人拿着小绿笛又是一吹。小绿笛却发出哇的一声怪叫，两个黑色的响雷直朝绿色小竹人打来，绿色小竹人又被打了个大跟头。

白胡子老道吹着唢呐，唢呐里飞出灰色的五线谱，变成了绳子，将绿色小竹人捆住。这时，一件奇怪的事情出现了。被捆着的绿色小竹人突然变成了一支碧绿、美丽的笛子。

八戒大剩在竹林后面看着，吃惊地说："啊，翡翠仙笛。这是珍藏在天宫里的宝贝。私自下到人间来玩，却被这老妖精捉住了。"

白胡子老道拿着翡翠仙笛，贪婪地看着，狂笑着自言自语："哈哈，我终于把你弄到手了。你用来保护自己的小绿笛已被做了手脚，你还一点儿不知道。"

白胡子老道说着，对小绿笛叫："出来吧，我的徒儿。"

从小绿笛中，嗡嗡嗡地飞出三只小虫，落到白胡子老道的手上。

灰豆儿在竹林后面看着，焦急地说："快去救那个小绿竹人。"

话音未落，八戒大剩已拿出九齿钉耙，飞起来大喝道："哪里来的大胆妖魔，竟敢盗天宫的宝贝，吃我八戒大剩一耙。"它抡起钉耙直朝白胡子老道打去。

白胡子老道冷笑一声，拿起小绿笛放到嘴边轻轻一吹，只见一股飓风从笛孔中飞出。这是一股又凉又猛的龙卷风，将八戒大剩和灰豆儿滴溜溜卷起，卷到空中。

眨眼间，他们已被旋出百十里外，晕头转向地从空中掉下来，跌在草地上。

八戒大剩连声大叫："厉害，厉害。实在厉害。"

灰豆儿也捂着脑袋叫："头疼，头疼。这冷风都吹到我脑袋里去了。"

八戒大剩皱着眉头说："奇怪? 怎么这小绿笛一到了白胡子老道手里就灵，那小绿竹人自己一吹反倒不行了呢?"

灰豆儿说："你没听那白胡子老道讲，他先是偷偷用小虫堵住了小绿笛的笛孔了吗?"

八戒大剩说:"咱们得快回去。要是让那白胡子老道吹响了翡翠仙笛就坏了。"

灰豆儿问:"为什么?"

八戒大剩说:"你不知道,他一吹响这翡翠仙笛,就会有金豆、银磨、金牛。那白胡子老道明天早晨用这翡翠仙笛的笛音引出金牛,他要是杀金牛……算了,别说了,咱们快去。"

八戒大剩说着,使个神通,将灰豆儿倒着抓起,腾到空中。

灰豆儿叫:"你怎么像提鸭子一样,倒着提我?这种姿势实在难受。"

八戒大剩说:"你先忍忍吧,我这样飞得快。"

灰豆儿问:"我不明白,怎么这样快?"

八戒大剩说:"这你还不明白?道理简单至极。我把你想象成一只要入炉的烤鸭,着急赶快烤熟了去吃,自然就会飞得快些。"

灰豆儿一看,它果真飞得极快,也就不再作声。

两个来到了竹林边,灰豆儿低声说:"慢着,咱们俩慢慢下去,别让那白胡子老道发现。他要是再一吹笛子,咱们俩还得被刮走。"

八戒大剩说:"说的是。我也变只小飞虫下去,堵住他那小绿笛的孔。"它说着,将灰豆儿轻轻放到竹林边上。

八戒大剩叫声"变",它倒是变成了一条虫,可这条虫太胖太大,简直像一只肉冬瓜。

灰豆儿看了忍不住笑说:"这么大的虫还能堵笛孔?把笛子吃下肚还差不多。"

八戒大剩说:"你别着急,我还没变完呢,我变的是会下蛋的虫。"说着,真的下出三个光溜溜的小蛋来,又小又圆,比鸽子蛋还小出三圈来。

灰豆儿说:"用这些小蛋去堵小绿笛的笛孔还差不多。"

他们两个悄悄地溜进竹林,看见白胡子老道正拿着翡翠仙笛,贪婪地看着,眼珠都放出光来。小绿笛就别在他的腰带上。

八戒大剩随手一扬,三个小蛋在空中飘飘悠悠地飞过去。白胡子老道只顾看翡翠仙笛，竟没发现。

八戒大剩看着三个小蛋飘进了小绿笛的孔里，嘴里刚要叫"好"……

灰豆儿低声说："不好，蛋又出来了。"

果然，三个小蛋又从笛孔中钻出，啪啪啪地裂开了，从蛋里飞出三只美丽的蝴蝶来。

八戒大剩看着兴高采烈地叫："哇，我的蛋还能变蝴蝶。"

这一喊不要紧，惊动了白胡子老道。他急忙蹿起身来，跃过竹林，他看见了八戒大剩和灰豆儿。

"回来得好快呀?!"白胡子老道望着他们冷笑着，"看来只好不让你们走了。"

他拿起小绿笛又是一吹，从笛孔里吹出的怪风带着一张网，飞向八戒大剩和灰豆儿，将他们罩在网里。

八戒大剩急于脱身，忙叫："小，小，小。"它和灰豆儿的身体缩成小蜜蜂大。

可那网子居然也跟着缩小，依然将他们罩在里面。

白胡子老道将网中的灰豆儿和八戒大剩抓在手心中，拿出一个小葫芦，打开塞子将灰豆儿和八戒大剩放进葫芦里。他哈哈大笑说："等我捉住那金牛，再来整治你们。"说着，把小葫芦放在腰间。

小葫芦里面黑黢黢的，什么也看不见。灰豆儿在黑暗中问："八戒大剩，我们怎么办?"

八戒大剩说："我来试试，能不能钻个孔出去。"它拿出九齿钉耙，念动咒语，让它变成了个小钻头，沙沙沙地在葫芦壁上钻着。葫芦壁硬得像是钢铁一般。

八戒大剩叹口气说："不行，这葫芦太硬。"

灰豆儿说："我来试试。"他接过钻头，向着葫芦壁猛钻，连吃奶的力气都使出来了。钻头震得他在葫芦里乱蹦。

八戒大剩泄气地说："算了，你别白费劲了。"

灰豆儿揉着眼睛说："糟糕，我的眼睛好像落进了一粒灰尘。"

八戒大剩埋怨说："我说不让你钻，你还偏钻，让灰尘迷眼睛了吧。"

灰豆儿自言自语着："这粒灰尘是哪儿来的呢?"他在黑暗中四下望着，突然高兴地说："好极了，是钻头钻下来的。你摸摸，葫芦壁上有个痕迹了。"

八戒大剩蹲下去摸了半天，哼哼唧唧地说："钻了半天，才钻下一粒灰尘，有什么用?"

灰豆儿说："钻下一粒就可以钻下两粒、三粒、四粒……我们坚持不停地钻下去，总能把这葫芦壁钻透。"他又使劲地用钻头钻着。

不知过了多久，灰豆儿已累得满头大汗，八戒大剩也被感动了，不声不响地过来帮忙了。他们两个不停地轮流钻着，又不知过了多久，葫芦壁上终于透出一丝亮光来，出现一个针眼儿大的小孔。

"啊，钻通了。"两人一起小声欢呼起来。

一丝丝凉气从小孔钻了进来，灰豆儿和八戒大剩感到浑身舒服。他们发现这葫芦壁似乎也一下子变软了，用指头轻轻一捅，就可以捅出一个小洞来。

八戒大剩跃跃欲试："我们打出去。"

灰豆儿悄声说："不可鲁莽。我们得想个办法，别又让那白胡子老道用小绿笛把咱们吹走。"

八戒大剩也连忙点头："你说得是，咱们得把那小绿笛的孔堵上，叫他吹不成。"

灰豆儿和八戒大剩在葫芦上敲了两个小洞，悄悄地从里面探出头来。

他们发现外面已是拂晓，东边的天空露出一抹淡淡的鱼肚白色，树叶和草尖挂着晶莹的露珠，山野间的雾气还没有消散。灰豆儿仿佛听到耳边有水流动的声音。他定神一看，原来白胡子老道是站在一块平台上，前面两山之间的峡谷中，浩浩荡荡的江水奔流而来。

灰豆儿从小葫芦左顾右盼，看白胡子老道把小绿笛放在什么地方。他找到了，原来就在葫芦旁边的腰带上。他刚要告诉八戒大剩，却听见八戒大剩急促地说："不好，这老妖魔又要吹翡翠仙笛。"

果然，白胡子老道已把碧绿的翡翠仙笛横在唇边，吹出了第一声，只见东方的天空突然变亮，透出一抹抹红光。涛声大起，前面两山之间的江水开始翻腾起来。白胡子老道冷笑一声，用翡翠仙笛又吹出一曲。滔滔江水翻涌得更大更快，卷起一股股浪涛。一浪推一浪，自远处奔腾而来，像是卷起了千堆雪。灰豆儿和八戒大剩正看得惊心动魄，突然，滚滚江水中冒出一头金牛，浑身透着金光，拉着一个一个银磨，磨盘中堆着光闪闪的金豆。

金牛拉着银磨踏着千层白浪，向着笛音奔腾而来。

白胡子老道眼里露出贪婪攫取的光，一面把翡翠仙笛吹得更响，一面悄悄拿出一把九刃尖刀来。

金牛离得越来越近了。九刃尖刀已在白胡子老道手中震动，发出哧哧的响声。

"快想办法叫金牛停住。"灰豆儿焦急地说。

"翡翠仙笛的声音不停，金牛是不会回去的。"八戒大剩连连摇头说。

灰豆儿叫："我们快去堵住翡翠仙笛的笛孔。"

八戒大剩叫："这不可能。翡翠仙笛的孔是谁也堵不住的。"

这时，金牛已到了江边，白胡子老道藏在背后的九刃尖刀在飞速旋转，马上就要飞旋出去。

就在这时，灰豆儿突然从小葫芦孔中蹿出，直飞向翡翠仙笛，八戒大剩迟疑了一下，也跟着飞向翡翠仙笛。两人各飞向一个笛孔，就在他们要堵住笛孔的瞬间，笛孔里射出两束强光，打在他们身上。

强光犹如电火烧得八戒大剩浑身上下刺刺冒烟，狼狈不堪地打着滚儿，向地面跌去。

再一看灰豆儿，与射来的电火连续碰撞，身体却越来越亮，迎着电火向翡翠仙笛飞去。

"这是怎么回事？他怎么不怕？"八戒大剩吃惊地看着，忽然恍然大悟，"啊，我明白了，灰豆儿的身体补过天，早已炼成了铜头铁臂。"

正在响的翡翠仙笛戛然而止，原来，灰豆儿的身体已堵在了笛孔上。

"啊？为什么不响了？"白胡子老道大吃一惊。正在奔腾的金牛也突然止步。

白胡子老道一看，着了慌，急忙拿起仙笛又吹。可笛孔被灰豆儿堵着，他怎么吹得响？

白胡子老道狂吸一口长气，鼓圆了嘴巴，猛地一吹，灰豆儿被一股超强气流吹得离开笛孔半寸。翡翠仙笛发出哇的一声怪响。江边的金牛打了个趔趄，银磨盘上的金豆随着往下飞溅。许多金豆如雨点般落在灰豆儿头上，疼得他直龇牙咧嘴。可是他顾不得疼痛，又用力地将翡翠仙笛的孔牢牢堵住。

白胡子老道还拼命鼓圆了嘴吹。奇怪的事发生了，笛子没响，他的身体却一点儿一点儿像气球一样鼓了起来，越胀越大。终于，噗的一声，白胡子老道被气流吹起，像撒了气的气球一样，飞上天空，落到了江中。灰豆儿也昏头昏脑地从笛孔中跌落下来。

等他清醒过来，他已经恢复了原来的大小，八戒大剩站在他旁边。江水平静，天空变得特别美丽。

灰豆儿迷迷瞪瞪地问："那金牛和翡翠仙笛呢？"

八戒大剩笑嘻嘻地一指空中说："你看。"

空中，翡翠仙笛已变成了绿色小竹人，他正吹着小绿笛。在他旁边，金牛拉着银磨。磨上的金豆被碾碎了，一缕缕金汁正流淌出来，变成了金色的朝霞。

绿色小竹人向灰豆儿说："谢谢你，好心的小妖精。"

灰豆儿望着空中自言自语说："原来这金牛是磨金色朝霞的啊！"

小精灵灰豆儿

无影大仙

灰豆儿和八戒大剩东游西逛，来到了一座古色古香的小城。小城的名字很怪，叫影子城。城里的街道都是青石板铺成。两旁的店铺上都悬挂着一盏盏漂亮的灯笼。

灰豆儿变成了一个小男孩的模样在胡同里走，灯笼把他的影子映在地面上。影子亮亮的清楚极了。

八戒大剩看了忙说："灰豆儿，快到暗处走。"

灰豆儿不明白地问："为什么？"

八戒大剩说："你看看地上，把你的妖精影子照出来了。"

灰豆儿低头一看，吓了一跳。青石板上清清楚楚映出个小妖精的影子。他已经好长时间没看见自己这模样了。他这才想起太白金星曾经让他去掉自己妖精影子的事。好长时间没用照妖镜照了，他都快把这件事忘了。

灰豆儿呆呆地看着小妖精的影子，急忙躲到离灯笼远一点儿的地方。月亮又把他的影子映在青石板上，还是个小妖精的影子。灰豆儿吃惊地叫："难道这青石板也是照妖镜？"

八戒大剩说："可能照妖镜就是用这石板磨成粉烧成的。"

他们俩正在说着，突然看见旁边小巷中有个穿长衫的男人。灰豆儿眼睛尖，他发现那个男人却没有影子。他低声对八戒大剩说："你快看。"

那个尖鼻子男人在小巷里慢慢地往前飘，他的两脚离地面半尺，就像悬在半空中。灯光照着他，他却没有影子。

八戒大剩惊奇地说："咦？他真没影子。快跟上他看看。"

灰豆儿悄悄跟在那个男人后面。男人鬼鬼祟祟，贴着道边的树荫往前飘，飘到一处，他停下来。他的衣服下面突然慢慢伸出一只手，手里拿着一个小花瓶。灰豆儿惊奇地说："瞧，这个人有三只手。"

八戒大剩叫："啊，他的第三只手里拿的是'吸宝瓶'，这太上老君的宝贝怎么跑到他这里来了？"

三只手躲到一棵树后，用眼睛瞄着马路。

八戒大剩忙说："咱们也藏起来，千万别叫他看见。"

灰豆儿躲到另一棵树后，偷偷看着三只手。

一个小姑娘提着一篮鲜花，叫卖着走过来了。

三只手手里拿着花瓶躲在树后叫："小姑娘，小姑娘。"

"唉。"小姑娘答应一声，她还没来得及回头，身体便嗖的一声被吸进花瓶里了。

灰豆儿小声说："啊，这个吸宝瓶好厉害。"

一个小媳妇坐着花轿，由两个汉子抬着过来了。

三只手躲在树后喊："抬花轿的。"

"唉。"抬轿的答应一声。"嗖——"小媳妇、抬轿的汉子，连同花轿一齐被吸进花瓶里。

两个骑马的武士过来了。

三只手在树后喊："骑马的。"

两个武士在马上问："谁在叫我们？"他们的话还没说完，也嗖的一下被吸进了小花瓶里。

一大队官兵浩浩荡荡地过来了。

三只手从树后跑出来说："快看我这花瓶。"

士兵望着他不明白地问："看什么？"话没说完，"嗖嗖嗖……"所有的士兵都被吸进了花瓶里。

三只手拿着小花瓶得意扬扬。

灰豆儿在树后看了直着急："这家伙是个小偷，他在干坏事。"

八戒大剩说："咱们过去给他捣捣乱。记住，他问你什么你也别讲话。"

灰豆儿装做没事似的走了过去。

三只手笑眯眯地说："小朋友，你叫什么名字？"

灰豆儿指指自己紧闭的嘴巴，他摆摆手。

三只手失望地说："啊，他是个哑巴。"他不再理灰豆儿，转身想走。

这时，八戒大剩从灰豆儿肩上飞到三只手的脚前，使劲横着一扫，一下子将三只手绊了个大跟头，他手里的花瓶甩了出去。

"啪!"花瓶碰到石头上摔碎了。花瓶里面的东西全跑了出来：小姑娘、小媳妇、武士、士兵、花篮、花轿、马匹……大家哇哇叫着，挤成一团，一齐扑向三只手。

三只手慌了，嘴里念出一句："无影大仙快救我。"说完这句话，他身体突然横在半空中，像一枚火箭似的飞了出去。

三只手在空中嗖嗖地往前飞，连转了好几条街。他一点儿也没注意到，八戒大剩和灰豆儿正骑在他身上，他得意扬扬地自言自语："这回总算逃脱了。只是我身上怎么这样沉呢？"

灰豆儿说："两个人骑在你身上呢，你能不沉？"

三只手回头一看，吓得啊的一声，从空中栽了下去。正好摔在一堆垃圾上。

三只手看着灰豆儿哆嗦着说："你，你会讲话？"

灰豆儿说："我还会抓你这个小偷呢。"

三只手哭丧着脸说："你们已经摔碎了我的宝贝，就饶了我吧。"

八戒大剩说："放你不难。你得告诉我们，你的影子是怎么去掉的。"

这时头顶上的灯笼正好把灰豆儿的影子映在地上，是一个清晰的小妖精的影子。

三只手看着灰豆儿的影子，突然笑了。他狡猾地说："原来咱们是自家人。"

164

灰豆儿生气地说："我和你不是一家人，我不偷东西。"

三只手说："甭蒙我，我一看你的影子，就知道咱们是一路货色。我猜你一定也特想去掉你这影子，好不被别人发现。来，我带你去个好地方，保你影子去掉。"

灰豆儿迟疑了一下："我，我不。"

八戒大剩向他挤挤眼说："管他三七二十一呢，先去掉影子再说。"

灰豆儿会意地点点头说："你要帮我去掉影子，我们就放你。"

三只手笑嘻嘻地说："还是这位兄弟聪明。跟我走。"他说着又嗖嗖地往前蹿，八戒大剩忙拉着灰豆儿紧紧跟上。

他们到了城边，沿着破旧的古城墙往前，前面长满荒草的城墙根儿上有个洞，洞口很小，里面黑黢黢的。

三只手对他们说："跟我学着钻进去。"他扭扭身体，脖子往上一伸，身体变得细长细长，软得像一条蛇似的钻进了小洞。

灰豆儿迟疑地说："咱们钻吗?"

八戒大剩说："钻。"

他们跟在三只手后面钻进了黑洞，摸着黑往前走。拐了几个弯儿后，洞里变得亮堂和宽敞起来。前面一扇铁门挡住去路。

三只手用指头敲了三下铁门。

"什么人?"里面一个尖嗓门问。

三只手回答："我是三只手。"

门上出现了一个亮亮的小圆孔，里面的声音说："把手指伸进来。"

三只手把一个手指头伸进圆孔。

灰豆儿忍不住说："还检验指纹呢，保卫工作可真严。"

三只手说："哪里是检验指纹，是守门胖猫从小有个爱嘬手指头的坏毛病。凡是进门的，都得让他嘬嘬手指头，作为门票。"

八戒大剩悄声对灰豆儿说："我藏起来，咱俩用一张门票。"说着，变小了藏到灰豆儿的身上。

灰豆儿把手指头伸进圆孔。

胖猫在里面说："这手指头太小，不合格。不可以进。"

灰豆儿搔着脑门想想，他折个倒立，把脚趾伸进圆孔。

胖猫在里面说："这个还差不多，就是味儿有点儿怪。"

一个圆圆的大胖猫把铁门打开了。三只手走了进去，灰豆儿也急忙跟着进去。灰豆儿发现铁门后面另有一个世界。有草，有树，有山，有水。山上开满了粉粉白白的桃花。

灰豆儿忍不住自言自语："我听说有个与世隔绝的桃花源，住在里面的人幸福极了，难道这里就是?"

灰豆儿马上又摇摇头说："不对，不对。桃花源不会在破城墙洞里，也不会有这么大的雾。"

果然，树林里，草地上都浮起了浓浓的雾。

灰豆儿跟着三只手在雾中向前摸索。他们来到一条小河边，河水黑极了，像墨一样。灰豆儿说："这河水真黑。"

漆黑的河水荡起了一片涟漪。一个沙哑的声音从河里传出："三只手，你回来了。东西带来了吗?"

三只手忙点头哈腰地说："因为出了点儿故障，所以这次没……但我给您带来了一份更厚的礼物，是个奇怪的小妖精。"说着一指灰豆儿。

灰豆儿吃惊地问："我怎么成了礼物了?"

三只手笑嘻嘻地说："无影大仙喜欢听这样的话。"

河水晃动得更厉害了，一个模糊的影子从水里浮了出来。这是无影大仙。

无影大仙伸出长长的触角指着灰豆儿问三只手："这是你带来的?"

三只手忙点头："这是我带来的。"

无影大仙晃动着说："好极了。我还从没有看见过伪装得这么好的小妖精。"

灰豆儿急忙说："我虽然是小妖，可是我从来没有干过坏事。"

无影大仙说："哈，你的嘴还真甜，装得真像，一定能骗过好多人。"

灰豆儿说："我说的是实话。我没有骗人。"

无影大仙发出哈哈的笑声，说："我能猜得出来，你到我这里想干什么。你是想去掉你的妖精影子，对吧？"

灰豆儿问："你怎么知道？"

无影大仙笑道："去掉影子你不就可以伪装得更好了吗？哈哈，你沿着河边往西走一百米。到青石边上去。"无影大仙说着，沿河向西飘去。

一块光滑的大青石紧贴着河水，就像河边的一个跳台。青石下面已有两个怪物在排着队，一只秃鹫、一条花蛇。

花蛇站到了青石上，说："无影大仙，请您把我的影子去掉吧。"

无影大仙问："你为什么要去掉自己的影子呢？"

花蛇说："报告大仙，我是一条怪蛇，看见了人和动物，我只要量出他们的影子长短，他们立刻就会昏迷。可是如果有人量出我影子的长短，我就会死。"

无影大仙笑说："哈哈，我明白了。你是想去掉自己的影子，以后谁也说不出你影子的长短，你就可以永远害人，永远死不了啦。"

花蛇说："您说得对，我就想这样。"

无影大仙说："好，好。我就愿意帮助别人干坏事。你快站好，我马上就去掉你的影子。"

大青石慢慢地亮了起来，花蛇的影子映在石面上，越来越清晰。

躲在旁边树林里的灰豆儿急忙对八戒大剩说："不能让他们的阴谋得逞。你快变成一把尺子，悄悄量出那花蛇的长短。"

八戒大剩说："变。"它变成一把透明的小尺子，轻轻地飘过去，飘到大青石上。

大青石上，花蛇的影子特别清楚，尺子在上面悄悄地量着它的影子。量完了，又悄悄地飘回树林，变回八戒大剩的模样，告诉灰豆儿说："花蛇的影子三尺三寸。"

这时，无影大仙对花蛇说："你站好了，我要射你的影子。"

他嘴里喷出了一片黄沙，射在大青石上，盖住了花蛇的影子。花蛇走下大青石，它的影子真的留在了大青石上面。

花蛇狂笑地舞蹈着叫："哈哈，这回谁也不知道我影子的长短了。"

花蛇正叫着，舞着，趁着乱劲儿，灰豆儿在树林里喊："三尺三寸。"

正在舞蹈的花蛇叫了一声，倒在地上死掉了。

无影大仙惊问："它怎么死了？"

秃鹫说："它一定是高兴得过了头，心脏病发作死了。"

无影大仙说："我好像听见有人喊什么三尺三寸。"

秃鹫说："那是花蛇自己喊的吧？无影大仙，您甭管它了。快帮我去掉影子吧，我都等不及了。"秃鹫说着，急不可待地上了大青石。

无影大仙问："你为什么这样着急地去掉自己的影子呢？"

秃鹫说："我飞在朗朗晴空，可恶的太阳老把我的影子投在原野上，兔子、小羊一看见我的影子就全躲起来。"

无影大仙笑着说："我明白了。怪不得你这么着急去掉自己的影子呢！快站好，我早些去掉你的影子，你好多吃些小动物。"

秃鹫飞上了大青石。

大青石又渐渐地亮了起来。

树林里。

灰豆儿说："快想办法，不能让秃鹫去掉影子去干坏事。"

灰豆儿和八戒大剩悄悄地溜到大青石下面。灰豆儿屁股上的八戒大剩变成一把芭蕉扇。

无影大仙对秃鹫说："秃鹫，你站好了，我可要喷沙去掉你的影子了。"

"刷——"一口黄沙从他嘴里喷出，射向大青石，盖住了秃鹫的影子。

"呼——"灰豆儿在大青石下面用力甩尾巴一扇，撒在秃鹫影子上的黄沙全被扇掉了。

秃鹫慌忙叫："无影大仙，我影子没有被黄沙喷掉。"无影大仙道："我这黄沙一粒就是一两金子。这次你可要接仔细了。"

秃鹫："我一定好好接着。"

无影大仙又是一喷黄沙。

灰豆儿又是一甩尾巴上的扇子，黄沙又被扇掉了。

秃鹫低头一看，又哭丧着脸说："影子还是没盖上，请您再喷一回。"

无影大仙发怒地把雾一样的影子胀得大大的，又猛地一喷。"刷——"一股黄沙流直冲向大青石。冲过去的黄沙特别多，都快把秃鹫的半截身体埋住了。

大青石下面，灰豆儿尾巴上的芭蕉扇也变大了。灰豆儿猛一扇扇子。"呼——"一股强风直扇过去，把黄沙全扇向了无影大仙。

被扇过去的黄沙一下子撞在无影大仙身上，把蒙在他身上的浓雾冲散了，露出他的真面目。原来是大嘴怪。

灰豆儿和八戒大剩跳上大青石叫："大嘴怪，哪里跑?"

八戒大剩已舞着九齿钉耙扑过去。

大嘴怪一下子钻进黑水河里，八戒大剩和灰豆儿也跟着进到河里。黑河里黑黢黢的，什么也看不见。

灰豆儿和八戒大剩从河里探出头来。

灰豆儿："这水太黑，什么也看不见。"

八戒大剩："又让这家伙跑了。"

这时，大青石里突然闪着亮光。

八戒大剩："那是什么? 过去看看。"

小精灵灰豆儿

无影衣和宇宙炉

大青石里，一件漂亮的小和尚服闪着光，旁边还有一副小木鱼儿。

八戒大剩用钉耙劈开大青石，取出衣服。

灰豆儿念着衣服上面的字："无影衣。"

八戒大剩说："会不会穿上它，别人就看不见你的影子了？你穿上试试。"

灰豆儿说："别是那大嘴怪在捣鬼。"

八戒大剩说："不会吧？那大嘴怪偷了好多宝贝，说不定这和尚衣就是它偷来的宝贝。"

灰豆儿忍不住："那我穿上试试。"

灰豆儿穿上了小和尚服，大青石上映着一个小和尚的影子。

灰豆儿笑嘻嘻地望着自己的影子自言自语："嘻嘻，这回我再也不像小妖精了。"

他对八戒大剩说："你最好钻到我的和尚袍里，因为和尚都没尾巴。"

八戒大剩说："也好，我正想睡一觉。"说完，它变小，缩进和尚袍里。

天空的太阳照着旧城墙，灰豆儿从城墙上的小洞里钻了出来。他穿着小和尚袍，阳光把他的影子照在地上，是一个小和尚的影子。

灰豆儿望着自己的影子笑嘻嘻地自言自语："嘻嘻，这回我再也不像小妖精了。"

哚哚哚哚……，灰豆儿一边敲着木鱼儿一边口中念念有词地往前走。他不是在念经，而是在念自己胡乱编的一些词：

> 木鱼儿，木鱼儿，
> 越敲越精神儿。
> 没有了妖精影子，
> 灰豆儿更要做好人儿。

忽然前面飘来一股香味。灰豆儿抬头一看，一面漂亮的酒旗迎风招展。上面写着：杏花村。这是一家酒店。从敞开的窗子可以看见里面的桌子上摆着香喷喷的美味佳肴。一股股香味正从那里飘来。

灰豆儿经过窗口，他捂着自己的嘴巴自言自语说："我不进去，因为和尚是不能喝酒的。"

灰豆儿已经走过店门口了，忽然感觉后面有个东西使劲拉他。他回头一看，原来是八戒大剩一边拽他，一边钩住了门框。

八戒大剩嬉皮笑脸地说："进去，进去看看。"灰豆儿说："没有钱，进去没用。"

八戒大剩笑嘻嘻地说："没钱也可以弄吃的，你是和尚，可以化缘。当年我随猪八戒保唐僧取经，从不带粮草，是讨饭讨到西天的。"

灰豆儿被八戒大剩拉着，倒退着进了酒店，倒退着坐在一张桌子旁边。他把木鱼儿和小槌放在桌子上。

店小二跑过来，看着灰豆儿说："小和尚，你的年纪太小，又是出家人，酒是不能卖给你的，来碗阳春面吧。"

然而这时发生了奇怪的事情，灰豆儿的右手不由自主地拿起桌上的小槌敲击了店小二脑袋一下。"咚！"店小二晕晕乎乎地倒在了地上，呼呼睡着了。

灰豆儿怔住了，旁边吃饭的人也都怔住了。

大家吃惊地问："这是怎么回事?"

灰豆儿结结巴巴地说："我也不知道，我的手自己就动起来了。"他说着，拿小槌的手又开始乱晃。慌得灰豆儿大叫："不好，它又要乱动了。"他说着，不光右手乱晃，左手也乱晃。两只脚也跟着乱动起来。

灰豆儿惊慌地大叫："怎么搞的，我的手脚全抽风了。"

灰豆儿双腿蹦着，蹦到其他桌前。手里挥舞着小槌，向吃饭喝酒的人头上"咚，咚，咚……"一槌一个。

眼见屋里的人全被灰豆儿用小槌打倒在地上，发出了呼呼的鼾声。

灰豆儿苦着脸说："坏了，屋里的人全被我打倒了，一个没剩。"

这时，一个酒店小伙计从柜台后面探出头来，灰豆儿看见了说："总算还剩下一个。"他的话刚说完，他的身体却不由自主地飞过去。

灰豆儿的小槌正好敲在小伙计的头上，"咚!"小伙计晕乎乎地倒在地上。接着灰豆儿又不由自主地用脚钩过木鱼，用小槌咚咚咚连敲三下。木鱼发出古怪的声音，接着张开了嘴。"嗖嗖嗖……"柜台上的一瓶瓶美酒、桌上的各种小吃、钱柜里的银两、客人们身上的银两全都飞到了木鱼里。

灰豆儿还在乱动，他急忙大叫："八戒大剩，快把我捆住，我真是抽风了。"

八戒大剩变成一条长长的细绳，打着连环扣，将灰豆儿五花大绑地捆作一团。

灰豆儿手里还死死握住敲木鱼的小槌。门外一阵木鱼声，一个胖大和尚敲着木鱼从外面进来。

灰豆儿忙说："快出去，我这敲木鱼的小槌可会打人，我也管不了它。"

胖大和尚笑眯眯地问："你这小和尚心肠还不错，你真的不想打人?"

灰豆儿说："我打人干什么? 坏蛋才老想打人呢。"

胖大和尚笑嘻嘻地说："把人打倒了好抢他们的钱财，全装到你的木鱼里面。"

灰豆儿生气地说："我可不想拿别人的东西。可是不知怎的就抽风了。"

胖大和尚笑嘻嘻地说："好好好，小灰豆儿，你看看我是谁?"

他说着，一抹脸，现了原形，原来是弥勒佛。

灰豆儿看了欢喜地说："原来是弥勒佛大仙。您老来这儿干什么？"

弥勒佛望着灰豆儿笑嘻嘻地说："我是专门来捉妖的，就是那自称是无影大仙的家伙。他搜罗了不少帮凶，我已经捉住了几个，你看。"他取出一个金钵让灰豆儿看。

灰豆儿看见金钵里面是一个小天地。一只戴铜项圈的秃鹰和一只蝎子全被锁着。

弥勒佛说："大嘴怪在它们影子上涂了黄沙，控制它们出来害人。你的影子上也沾了许多黄沙。"

灰豆儿忙说："可是我并没有让它用黄沙喷影子。"

弥勒佛笑着说："那大嘴怪在小和尚服里早撒满了黄沙。不信，你脱下衣服试试。"

灰豆儿怎么脱也脱不下小和尚服。

弥勒佛取出一面照妖镜对着灰豆儿一照。

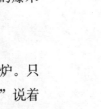

照妖镜映出小妖精的影子，影子上沾满了密密麻麻的黄色沙砾。

弥勒佛说："你已经中了妖毒。这黄沙不去，那大嘴怪就老能控制你。"

灰豆儿焦急地叫道："弥勒佛，快帮我去掉这黄沙。"

弥勒佛说："难难难。大嘴怪用从天上偷来的万能胶，将黄沙牢牢粘在你的影子上。黏性极大，除非将你放进我的宇宙炉里炼一炼。那你可要受大罪了。"

灰豆儿忙问："宇宙炉在哪儿？"

弥勒佛从怀里取出一个小东西。小东西渐渐变大，灰豆儿觉得它挺像爆米花机，他睁大眼睛仔细一看，哪里只是像，分明和街头小贩用的爆米花机一样。

灰豆儿忍不住说："这不是街头小贩用的爆米花机吗？"

弥勒佛笑道："别看它外表像爆米花机，其实是货真价实的宇宙炉。只是它不讲究包装罢了。快进去，快进去。我马上就要发三昧真火了。"说着他摇起宇宙炉的滚筒来。那声音和街头卖爆米花的小贩一模一样。

173

宇宙炉隆隆响着，盖子打开，喷出三昧真火。

八戒大剩一见，忙说："等一等，等我松开灰豆儿，你再把他放进宇宙炉里去。"

弥勒佛笑道："你中毒也不浅，一块进宇宙炉里去炼炼吧。"

八戒大剩大叫："不炼，不炼。"它从灰豆儿身上脱开，正要飞走，弥勒佛已吹出一口仙气，将灰豆儿和八戒大剩一起飘飘悠悠地送进宇宙炉里。

宇宙炉的盖子啪的一声合上。随着弥勒佛飞快摇动滚筒，响声隆隆，向四处喷出五颜六色的火焰。

宇宙炉里面，四壁烧得通红，火焰滚滚。灰豆儿像热锅上的蚂蚁，他大叫："八戒大剩，快变成一张石棉被把我包起来，我听说石棉能防火。"

灰豆儿四下乱看，早已不见了八戒大剩的踪影。灰豆儿奇怪地叫："这家伙哪儿去了？难道它没进来？"

火焰把灰豆儿的衣服全烤焦了，他浑身冒烟冒火，眼前晃着一片片金星。他嘴里大叫着："好疼啊，好疼啊！"在里面乱蹦乱撞。

"砰！"随着一声巨响，灰豆儿从宇宙炉的圆筒里崩了出来，昏头昏脑地落到地上，浑身是黑灰。

弥勒佛笑眯眯地说道："灰豆儿，恭喜你，你影子上的黄沙已经被炼掉了。"

灰豆儿打了个大喷嚏，"阿嚏！"一个小黑点儿从他鼻孔里弹了出来，渐渐变大，正是八戒大剩。

灰豆儿指着八戒大剩说："原来你躲到我肚子里去了。"

八戒大剩说："我不得不藏。我是怕被烤熟了，被你馋得吃掉。"说着，拉起灰豆儿就要走。

弥勒佛忙叫住他们说："别走，别走。"

八戒大剩大大咧咧地问："弥勒老佛，还有什么事？"

弥勒佛笑嘻嘻地说："我想让你们帮我捉住这大嘴怪。"

八戒大剩听了忍不住说："弥勒佛的神力谁不知？捉这样的妖精还用别人帮忙？"

弥勒佛说："你有所不知。要单凭那大嘴怪的本事，一千个也不在话下。只是它又新偷了如来佛的许多宝贝。屎壳郎变知了，一步登天，捉起它来，不那么容易。"

一直默不作声的灰豆儿突然说："我倒有个好主意。"

弥勒佛说："什么好主意？到我耳边说。那大嘴怪有顺风耳，留神被它偷听了去。"

灰豆儿附在弥勒佛耳边说了一阵，弥勒佛连连点头叫："好，好。这主意不错。"

八戒大剩问："什么好主意？也和我说说。"

灰豆儿笑说："当然得告诉你，不然，你会看花了眼把我吃了。"他又附着八戒大剩耳边说了一阵。

八戒大剩听得流出口水笑说："这主意真棒，听得我现在就流口水了。"

小精灵灰豆儿

天下第一香肉

弥勒佛对灰豆儿说："按照你的计划去对付大嘴怪倒是好。可是你就得受苦了。"

灰豆儿说："没关系，我什么苦都不怕。"

弥勒佛笑说："看我把你变成好玩的东西。"说着，对灰豆儿吹一口仙气，叫声"变"。

灰豆儿变成了一只肥肥胖胖的小动物，样子很古怪，浑身油汪汪的，散发着香味。这香味轻悠悠地飘着，飘到八戒大剩那儿。八戒大剩顿时流出一尺长的口水，说："哇，好香啊！这是什么东西？"

弥勒佛笑嘻嘻地说："这叫'天下第一香肉'。它的肉不用煮就是熟的，其香无比。而且，从它身上割下一块，它马上又能自动长上，永远吃不完。"

八戒大剩笑说："这可真棒，一块肉在手，可以永远不停地吃下去。"说着就要过去拿。

"天下第一香肉"忙蹦到一边说："离我远点儿。我不是肉，是灰豆儿。"

弥勒佛又从怀里取出一个小瓶对八戒大剩说："我再把'馋嘴儿香'撒在这'天下第一香肉'上，包能逗来所有的馋虫。"说着将香粉撒在灰豆儿身上。

这时，八戒大剩的眼睛都馋得放光了，直勾勾地盯着"天下第一香肉"，一步步向前说："第一个馋虫来了。"

弥勒佛说："没想到'天下第一香肉'的威力这么大，竟把八戒大剩馋傻了。看来只好暂时先委屈它一下了。"说着把金钵抛起，将八戒大剩吸到里面。

弥勒佛又用手一拍木鱼，木鱼张开嘴。他将灰豆儿塞了进去。

弥勒佛自己变成了小和尚，和灰豆儿先前的样子一模一样。

"咚咚咚咚……"小和尚敲着木鱼走出了小酒店。

小和尚来到了破城墙的洞口，钻了进去。他在黑黢黢的洞里走，到了铁门前，把手指伸进门上的小孔。

胖猫开了铁门，小和尚进去，又沿原路来到了黑水河边。

小和尚恭敬地向河里一鞠躬叫道："无影大仙，灰豆儿我回来了。"

黑河里荡起一圈圈旋涡，接着大嘴怪的影子从河里升起。

大嘴怪一下张开了三张嘴，一齐发出吸溜的声音。

"天下第一香肉"听了忍不住从木鱼里探出头来。

大嘴怪说："好香，好香。什么东西有这等香味?"

小和尚笑眯眯地说："无影大仙，您的口福到了。您看，我弄到了什么?"

他一把将"天下第一香肉"从木鱼里提了出来。

大嘴怪说："哇! 天下第一香肉。"它馋得三张嘴都放出光来。

小和尚将"天下第一香肉"送往河心，说："大仙请品尝。"

大嘴怪飘过来，刚要接"天下第一香肉"，突然又缩回手去，厉声说："你是在骗我!"

小和尚忙说："我怎么敢骗大仙?"

大嘴怪说："这'天下第一香肉'，玉皇大帝一年也舍不得吃一口，怎么会落到你手里? 一定是弄个假冒的来骗我。"

小和尚赌咒发誓地说："我这绝对是货真价实。不信，您闻这味，您看这成色，绝对正宗。"他用手掌把"天下第一香肉"托得高高的。

"天下第一香肉"在他手掌中翩翩起舞，做出千姿百态，绝对比专业模特还要棒出许多。

大嘴怪被勾得丢了魂儿，急不可待，张大嘴猛吸。"天下第一香肉"一下子被吸了过去，趁势一个跟头翻进大嘴怪的嘴里，滑进它的肚皮。

大嘴怪惊叫："怎么回事？这肉还没吃，就自己滑进肚子里去了。"

"天下第一香肉"在大嘴怪肚子里现了形，变成了灰豆儿的模样，兴高采烈地自言自语道："嘻嘻，这大嘴怪上当了。"

外面，小和尚一抹脸，变成了弥勒佛的模样，笑嘻嘻地说："老妖魔，认得我吗？"

大嘴怪冷笑说："认得你又能把我怎样？上一次你不是都被我打败了吗？"

弥勒佛笑说："那不是你的本事，是靠从如来佛那里偷盗来的法宝。"

大嘴怪叫道："甭管是不是偷来的，看我用它来捉你。"说着，手一扬，一把伞飞到空中，化成许多小伞，一齐向弥勒佛旋转而来。

弥勒佛叫："缩缩缩。"他身体缩得极小，没入大青石中。

那些旋转的小伞将大青石旋成无数碎片，然后又合在一起，变成一把伞，飞回大嘴怪手中。

大嘴怪举着伞狂妄地大笑："哈哈哈，这下弥勒佛完了。"

伞顶上突然传来弥勒佛的声音："谁说我完了？"原来他正坐在伞上面呢。

大嘴怪又叫："看宝贝。"它又抛出一柄飞剑，在空中，变成许许多多飞剑，一齐向弥勒佛刺来。

弥勒佛忙带着伞跃起，在空中叫声"变"。那伞变成一面大盾牌，剑撞在盾牌上，纷纷落到地上。

弥勒佛笑吟吟地道："大嘴怪，你还有什么法宝，尽管全使出来。"

大嘴怪冷笑地说："我再让你看一件宝贝。"它的话音刚落，一个小亮点儿在它手中旋转，渐渐变大，是一个形状奇特、闪闪发光的电脑。

弥勒佛看了吃惊地大叫："不好，大嘴怪把如来佛新制造的超级电脑也偷来了！"弥勒佛叫着，抽身便走，飞向空中。可大嘴怪手中的电脑键盘闪烁着五颜六色，一束强光从电脑屏幕射出，射向已飞走的弥勒佛。

光束一照着弥勒佛，他立刻不能动弹，被吸了回来，吸进了电脑屏幕。

大嘴怪得意扬扬地对屏幕里的弥勒佛说："这回，你完了吧？"

弥勒佛笑嘻嘻地说："我打不过你，你肚里的东西却能打得过你。"说着又高声叫，"灰豆儿，你先在它肚里打一套醉拳。"

大嘴怪一惊："什么灰豆儿？"

弥勒佛笑嘻嘻地道："是我的一位朋友，他已经打入你的肚皮内部。"

灰豆儿在大嘴怪肚里叫："弥勒佛大仙，谢谢你把我看做朋友，我一定打好这套醉拳。"

大嘴怪吃惊地叫："妈呀，我肚子里还真有声音。"它急忙收起超级电脑。

灰豆儿在大嘴怪肚里，晃来晃去地打起了醉拳。

大嘴怪疼得撞来撞去，把河边的山石和树木全撞倒了。

弥勒佛又叫："灰豆儿，你在它肚里跳迪斯科。"

灰豆儿在大嘴怪肚里答应："没问题。"

灰豆儿又猛跳起了迪斯科。

大嘴怪疼得撞到河里，一边在河里乱撞掀起了大浪，一边嘴里乱喊："疼死我了！"

它终于疼得受不住，从河里蹿上岸，把超级电脑放在石头上，向电脑屏幕里的弥勒佛跪下磕头，连声哀求："弥勒佛爷爷，快饶了我吧！"

弥勒佛说："你先把我放出来。"

大嘴怪按动其中一个按键，屏幕一闪，把弥勒佛从里面推出来。

弥勒佛笑眯眯地说："大嘴怪，你把这超级电脑的控制器藏在哪儿了？"

大嘴怪说："藏在水下的一个千年老蚌里。"

弥勒佛说："快去拿来给我。"

大嘴怪迟疑着，似乎不肯去。

灰豆儿在大嘴怪的肚皮里叫："你到底去不去？不去，我可要在你肚子里大闹天宫了。"

大嘴怪忙叫："我去，我去。"说着一个跟头蹦入河中，潜向水底。

漆黑的河底，水草间，有一个磨盘大的巨河蚌，蚌壳上长满青苔。

大嘴怪念动咒语，巨蚌壳缓缓打开，蚌体间有一个亮晶晶的小遥控器。

大嘴怪将小遥控器拿在手里，升到水面，将小遥控器交给弥勒佛。

弥勒佛高声叫："灰豆儿，我已将超级电脑的遥控器拿到手了，你出来吧。"

灰豆儿在大嘴怪肚皮里说："老妖魔，你张开嘴，我好出去。"

大嘴怪把嘴张得大大的。灰豆儿从它的嗓子眼儿向外看，看见两排刀锋般的巨牙，小声自言自语说："我要是从它嘴里出去，万一它大牙一咬，我可受不了，不如从它鼻孔里出去。"灰豆儿试着拿一根小棍儿伸出去。

大嘴怪猛地咔嚓一咬，把它牙都咬疼了。

接着大嘴怪打了一个喷嚏，灰豆儿一个跟头从大嘴怪的鼻孔里飞出来，落到地上，恢复原状。

灰豆儿指着大嘴怪说道："你这大嘴怪太坏，快完蛋了还想害人。"

弥勒佛旋转手中的超级电脑，大嘴怪被吸进了电脑屏幕里面。

弥勒佛说："那大嘴怪已被我锁进超级电脑，现了原形，再也不能兴风作浪了。小灰豆儿，这回你又立了一大功。"

这时，突然传来八戒大剩的叫声："弥勒佛，大嘴怪已经捉住了，你还不赶快把我放出来？"

弥勒佛说："净顾着捉老妖魔，差点儿把八戒大剩给忘了。"他忙从怀里取出金钵，念动咒语，八戒大剩从金钵里飞出来，它已变得瘦瘦的。

八戒大剩生气地大叫："你们捉妖立功，却让我蹲监狱受罪。不成，不成。"

弥勒佛笑说："功劳也有你一份。过几天，玉皇大帝的蟠桃宴，我一定带你去吃。"

弥勒佛又对灰豆儿说："灰豆儿，有了这超级电脑，你的妖精影子可以去掉了。"

灰豆儿眉开眼笑："是吗？那太好了，快给我去掉吧。"

弥勒佛说："你快站到电脑屏幕前。"

灰豆儿站到电脑屏幕前面。

电脑屏幕亮了，灰豆儿的小妖精影子出现在电脑屏幕里。

弥勒佛说："我一按键，你的妖精影子就会消失得无影无踪。"

灰豆儿突然叫："等一等。"

弥勒佛和八戒大剩一齐问："还等什么？"

灰豆儿指着屏幕说："你们看，我的影子哭了。"

真的，屏幕里，灰豆儿的小妖精影子掉下了两滴晶莹的泪珠。

灰豆儿想了想说："它哭了，它不愿意离开我。它也挺可怜的，它再丑也是我的影子，我不让它离开了。"八戒大剩说："可你要是带着这影子，别人总会把你当成妖精的。"

灰豆儿想了想说："没关系，我只要坚持下去，总有一天，大家会理解我的。"

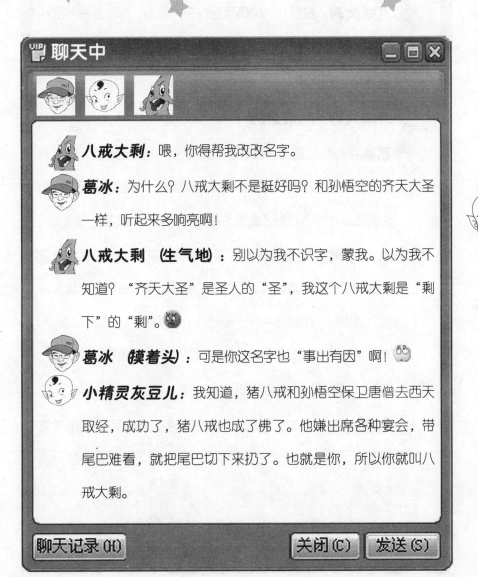

聊天中

八戒大剩：喂，你得帮我改改名字。

葛冰：为什么？八戒大剩不是挺好吗？和孙悟空的齐天大圣一样，听起来多响亮啊！

八戒大剩 (生气地)：别以为我不识字，蒙我。以为我不知道？"齐天大圣"是圣人的"圣"，我这个八戒大剩是"剩下"的"剩"。

葛冰 (摸着头)：可是你这名字也"事出有因"啊！

小精灵灰豆儿：我知道，猪八戒和孙悟空保卫唐僧去西天取经，成功了，猪八戒也成了佛了。他嫌出席各种宴会，带尾巴难看，就把尾巴切下来扔了。也就是你，所以你就叫八戒大剩。

聊天记录(H) 　　　　关闭(C) 发送(S)

聊天中

八戒大剩：灰豆儿，咱俩可是连在一起的，你怎么胳膊肘儿朝外拐啊？

葛冰：八戒大剩，我劝你别改名字了。

八戒大剩 （气鼓鼓的）：为什么？

葛冰：你和灰豆儿可都上了动画片了，中央台播的，二十六集呢。获了金童奖一等奖，你们也都算是个明星了。而且你们俩的动画片剧本获得了全国动画片剧本奖第一名呢。

八戒大剩 （气鼓鼓的）：甭给我们戴高帽。你说我和灰豆儿是明星，谁知道？我上网查了，一条信息也没有，哪像大脸猫、蓝皮鼠、小糊涂神儿，都是几十万条信息。你写我们的剧本得全国第一，跟我们有什么关系？你倒是更有名气了！

葛冰 （脸红）：不好意思。

八戒大剩：我和灰豆儿的故事那么多，你才写了二十多集动画片，你把最精彩的都留下来了，你是不是有意要压制我们？

聊天记录(H)　　　　　　关闭(C)　发送(S)

聊天中

葛冰：不是压制，是对你们宣传不够。

八戒大剩 **(更气愤)**：不光宣传不够，猪八戒把我从他屁股上切下来，我无家可归，你倒是给我安排个好去处啊?!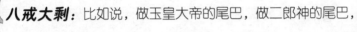

葛冰：什么好去处?

八戒大剩：比如说，做玉皇大帝的尾巴，做二郎神的尾巴，或者做哪吒的尾巴也行，哪吒现在挺红。你偏偏把我放在嘴歪眼斜的灰豆儿屁股上，做他的尾巴，弄得我越来越惨。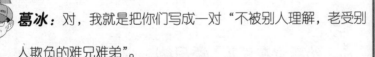

葛冰：这你可说错了，你们可不是惨。

八戒大剩：怎么不惨啊，一对难兄难弟。

葛冰：对，我就是把你们写成一对"不被别人理解，老受别人欺负的难兄难弟"。

小精灵灰豆儿 **(吃惊地)**：啊，你是故意的呀!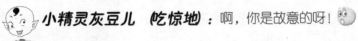

葛冰 **(笑)**：对呀。

小精灵灰豆儿 **(生气地)**：你把我写成一生下来，就"瘦得三根骨头挑着一个头"的小妖精?

聊天记录 (H)　　　　关闭 (C)　发送 (S)

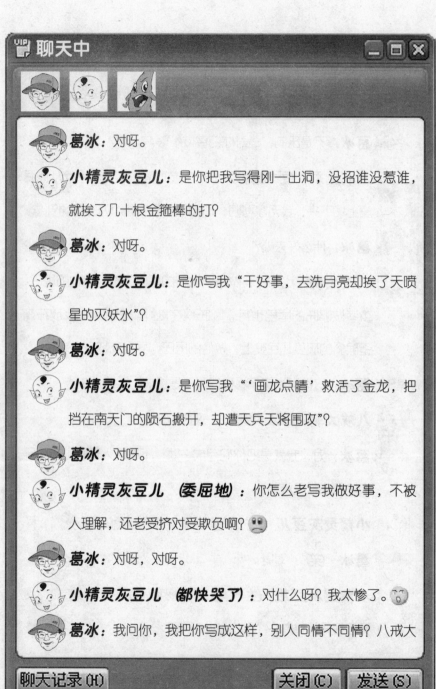

聊天中

葛冰：对呀。

小精灵灰豆儿：是你把我写得刚一出洞，没招谁没惹谁，就挨了几十根金箍棒的打？

葛冰：对呀。

小精灵灰豆儿：是你写我"干好事，去洗月亮却挨了天喷星的灭妖水"？

葛冰：对呀。

小精灵灰豆儿：是你写我"'画龙点睛'救活了金龙，把挡在南天门的陨石搬开，却遭天兵天将围攻"？

葛冰：对呀。

小精灵灰豆儿（委屈地）：你怎么老写我做好事，不被人理解，还老受挤对受欺负啊？

葛冰：对呀，对呀。

小精灵灰豆儿（都快哭了）：对什么呀？我太惨了。

葛冰：我问你，我把你写成这样，别人同情不同情？八戒大

聊天记录(H)　　　　　关闭(C)　　发送(S)

186

剩，你说呢？

 八戒大剩：我当然同情！不同情，我能做他的尾巴？我早

离开他了！大家都认为他是妖精，只有我知道，他是大好人。

 葛冰：灰豆儿就是这样不被人理解，还老坚持做好事，你佩

服不佩服？

 八戒大剩：佩服，太佩服了。灰豆儿不容易。

 葛冰：我这是把他写成是英雄呀！

 灰豆儿　（吃惊地）：我是英雄？

 葛冰：对呀，好孩子做好事，大家都容易理解，可是坏孩子

想学好了，做好事儿，就特不容易，许多人都不理解。但只

要你坚持，就一定能成功，而且大家更佩服。

 小精灵灰豆儿：哦，你是把我写成一个想学好的坏孩子。

 葛冰：对呀，有缺点有错误的孩子，想进步，想当英雄，更

不容易。

 小精灵灰豆儿　（很感慨）：是不容易，我计算了一下，

聊天记录(H)　　　　　关闭(C)　　发送(S)

聊天中

我被冤枉多少次，受过多少次气（掰着手指头数）……
（吃惊）妈呀，那么多次？我怎么坚持下来的呀？这要有钢
铁般的意志啊！

 八戒大剩：不光是受气，而且是惊心动魄。哪次不是靠我
拼命帮助你，才死里逃生的？

 葛冰：对呀，你也够棒的，你利用猪八戒传给你的法
宝——"九齿钉耙"、"三十六变"，再加上一副贪吃的好肠
胃，战胜了多少妖怪，出了多少次丑。你也是英雄啊！

 八戒大剩：我也是英雄？

 葛冰：当然，说不定猪八戒听了你的英雄事迹，重新回来
让你做他的尾巴呢。

八戒大剩　（**骄傲地**）：让我做他的尾巴？门儿都没有，
他做我的尾巴还差不多。

聊天记录(H)　　　　　　　　　　关闭(C)　发送(S)

附二　作品出版年表

1988 年　短篇小说集　《绿猫》　重庆出版社

1989 年　短篇童话集　《蓝皮鼠大脸猫》　湖南少年儿童出版社

1989 年　短篇童话集　《哈克和大鼻鼠》　少年儿童出版社

1990 年　短篇童话集　《调色盘师长和绿毛驴》　安徽少年儿童出版社

1990 年　短篇童话集　《隐形染料》　四川少年儿童出版社

1991 年　短篇童话集　《太空囚车》　甘肃少年儿童出版社

1991 年　中篇童话　《魔星杂技团》　少年儿童出版社

1992 年　短篇童话集　《小狐狸的爆米花机》　二十一世纪出版社

1992 年　中篇童话　《小糊涂神儿》　福建少年儿童出版社

1992 年　短篇童话集　《哈克大鼻鼠全传》　四川少年儿童出版社

1993 年　中篇童话　《追捕猫魔》　重庆出版社

1993 年　长篇童话　《胖胖龙上天入地记》　浙江少年儿童出版社

1993 年　《魔鬼机器人》　台湾天卫文化图书有限公司

1994 年　长篇童话　《魔法大学校长》　湖北少年儿童出版社

1994 年　长篇童话　《怪眼麒麟奇遇记》　湖南少年儿童出版社

1995 年　科幻小说　《奇异的峨眉怪兽》　浙江少年儿童出版社

1995 年　短篇童话集　《哈克大鼻鼠和黑蜘蛛》　福建少年儿童出版社

1995 年　《小狐狸的新式汽车》　华夏出版社

1996 年　《老鼠品尝师》　福建少年儿童出版社

1996 年　短篇小说集　《吃爷》　台湾民生报出版公司

1997 年　"葛冰童话系列"　作家出版社

1999 年　"悬疑惊奇小说系列"　（六册）　中国少年儿童出版社

1999 年　"悬疑惊险小说系列"　（五册）　中国少年儿童出版社

1999 年　短篇武侠小说集　《矮丈夫》　台湾民生报出版公司

2001 年　"七绝侠探案系列"　（四册）　台湾民生报出版公司

2004 年　"少年大惊幻系列"　（三册）　少年儿童出版社

出版低幼图书五十余册，书名从略

附三　主要获奖记录

1993 年　短篇小说集 《绿猫》 获中国作协第二届优秀儿童文学作品奖

1996 年　系列动画片剧本 《小精灵灰豆儿》 在全国儿童电影、 电视、
　　　　动画片剧本征文中, 获系列动画片一等奖

1996 年　短篇小说集 《吃爷》 获台湾 "好书大家读" 优秀作品奖

1997 年　《梅花鹿的角树》 获第五届宋庆龄儿童文学奖低幼文学大奖

2000 年　《妙手空空》 获陈伯吹园丁奖

大型系列动画片 《小糊涂神儿》, 由中央电视台播出, 获动画片金鹰奖
首奖、 金童奖一等奖

二十六集动画片 《小精灵灰豆儿》, 由中央电视台播出, 获金童奖一等
奖

大型系列动画片 《蓝皮鼠和大脸猫》, 由中央电视台播出, 获动画片金
鹰奖

葛冰童话全明星票选总动员

谁是你心目中最闪亮的葛冰童话明星 (SUPER STAR)？是大脸猫、小糊涂神儿，还是……

你想让自己最喜欢的童话明星成为最终的冠军吗？

那就加入葛冰童话全明星票选总动员，赶快投票支持他吧，这可是属于你们自己的全明星哦！

还要叫上你的同学、朋友一起参加哦！^-^

在你最喜欢的童话明星前画钩(只能选一个)，并写上你最喜欢他的理由。

编辑部将完全根据读者的投票多少选出最终的 SUPER STAR，选中的小朋友将有机会参加抽奖。

奖品包括：

一等奖：葛冰、葛竞父女签名新书+葛冰亲笔签名童话
    全明星宣传海报一张，10 名。

二等奖：接力社最新图书一本，50 名。

三等奖：接力社经典好书一本，100 名。

票选单

□1. 大脸猫　□2. 蓝皮鼠　□3. 大脚丫的小狐狸　□4. 小糊涂神儿　□5. 乔宝　□6. 小精灵灰豆儿　□7. 八戒大剩　□8. 哈克　□9. 大鼻鼠　□10. 胖胖龙　□11. 怪眼麒麟　□12. 三寸教授　□13. 魔法大学校长

你最喜欢他的理由：

姓名：

联络电话：

联络方式：

E-mail：

填好票选单后（复印无效），请寄至（100027）北京市东城区东二环外东中街 58 号美惠大厦 C—1201 接力出版社"葛冰幽默奇幻童话星系"编辑部。